Seit der Befreiung der Niederlande wohnt Emma Verweij in Rotterdam in einer Straße, die während des Kriegs zu einer Bastion der Freundschaft und Liebe unter den Bewohnern geworden ist. Sie heiratet Bruno, bekommt zwei Söhne und ist entschlossen, die Zeit auszublenden, die sie mit ihrem ersten Mann Carl im Nazi-Berlin verbrachte. Nun ist sie sechsundneunzig Jahre alt und bereitet sich auf das Ende ihres Lebens vor: Noch einmal durchlebt sie die glücklichen Jahre, doch immer häufiger drängen lang vergangene Erlebnisse in ihr Bewusstsein. Zurück kehren die verschwundenen Lieben, ihr Vater, Carl, die Freunde.
In seinem beeindruckenden neuen Roman *Die längste Nacht* verbindet Otto de Kat europäische Geschichte zu einem bilderreichen Ganzen, wobei die Grenzen zwischen Vergangenheit und heute verschwimmen und Emma ihr Leben in glasklaren Fragmenten wiederholt.

Otto de Kat, 1946 geboren, war Kritiker und Herausgeber und ist seit zehn Jahren Schriftsteller. Sein Roman *Sehnsucht nach Kapstadt* war für den größten belgischen Literaturpreis für Niederländisch schreibende Autoren nominiert und wurde mit dem niederländischen Halewijn-Literaturpreis ausgezeichnet.

Otto de Kat

# Die längste Nacht

Roman

*Aus dem Niederländischen*
*von Andreas Ecke*

btb

Der Verlag dankt dem Nederlands letterenfonds für die freundliche Förderung der Übersetzung dieses Buches.

Nederlands letterenfonds
dutch foundation for literature



1. Auflage
Genehmigte Taschenbuchausgabe Oktober 2018
btb Verlag in der Verlagsgruppe Random House GmbH,
Neumarkter Str. 28, 81673 München

Originaltitel: De langste nacht
Originalverlag: Uitgeverij Van Oorschot

Lizenzausgabe mit freundlicher Genehmigung
Umschlaggestaltung: semper smile, München
Umschlagmotiv: © akg-images / Imagno / Franz Hubmann
Druck und Einband: GGP Media GmbH, Pößneck
cb · Herstellung: sc
Printed in Germany
ISBN 978-3-442-71663-0

www.btb-verlag.de
www.facebook.com/btbverlag

Für Verena und Clarita, die Töchter von
Adam und Clarita von Trott

# I

»Welcher Tag ist heute, Schwester?«
»Sonntag, Frau Verweij.«
»Er kommt am Dienstag.«
Die Pflegerin nickte, sie hatte es schon gehört, er wollte vormittags aus Deutschland kommen. Und am Nachmittag dann die Ärztin, danach das Team.
»Wie spät ist es, Schwester?«
»Neun Uhr.«
»Morgens oder abends?«
»Abends, sehen Sie, es ist fast schon dunkel.«
Emma wusste genau, welcher Tag es war und wie viel Uhr, und was kommen würde. Ihre Fragen waren ein künstlicher Nebel, die Schwester sollte glauben, dass sie schon weit weg war.
»*Damals, Mutter, weißt du noch, wie wir jede Nacht am Fenster eine Weile mit Singen zugebracht?*« Leise sprach Emma die Zeilen vor sich hin. Die Fenster standen offen, es war noch warm. Ein riesiger Mond hing über der Häuserreihe in der Ferne. Vom Oudedijk her war das Klingeln und Rauschen von Straßenbahnen und Autos zu hören und das hohe, klagende Summen von Mopeds.

*»Klein, vom Spielen müde, saß ich auf deinem Schoß, die Geheimnisse der Nacht erschienen mir so groß.«* Emma schaute zur Seite, die junge Frau, die ihr gleich beim Zubettgehen helfen würde, hörte verwundert zu.

»Ich glaube, die Verse sind älter als ich, dieser Dichter begleitet mich schon sehr lange. Vieles, was er geschrieben hat, habe ich nie mehr vergessen.«

Die Pflegerin zog die heruntergerutschte Decke wieder auf Emmas Schoß. »Ist Ihnen nicht kalt?«

Dass sie dieses Gedicht noch auswendig konnte, das war doch beachtlich.

*»Denn wenn wir dann sangen das altbekannte Lied, von Gott, der alle, alle unsere Wege sieht …«* Sie zögerte. *»Bei diesen Versen hört ich deine Stimme leise beben …«*

Sie musste ein paar Zeilen übersprungen haben, hier fehlte etwas, das sich auf »beben« reimte. Sie dachte nach, kam nicht darauf. Aber das machte eigentlich nichts, denn das Wichtigste und Traurigste war gesagt: dass Gott alle unsere Wege sieht.

Tat Er das? Den Eindruck hatte sie nicht. Ihr Gott, an den sie so fest und entschlossen geglaubt hatte, den sie wider besseres Wissen verteidigt, den sie gesucht und besungen hatte, sie konnte ihn jetzt nirgends entdecken. Dennoch gaben ihr die Verse das Gefühl, in etwas Allumfassendem aufgehoben zu sein. Unbegreiflich, dass ein paar gereimte Zeilen sie so gefangen nehmen und eine uralte Sehnsucht wecken konnten. Das altbekannte Lied. Sie hatte es gesungen, hatte die Melodie gekannt. Die hatte sich inzwischen verflüchtigt, es gab kein Lied mehr, nur noch die Stimmen des Abends am Oudedijk. Das Lied. Welches eigentlich? Ihr Leben war in Fragmente zerfallen, kristallklare, helle und dunkle, eine endlose Folge. Die Zeit umgedreht und umgestülpt.

»O nein, mir ist nicht kalt, noch nicht.«

Emma lächelte in sich hinein. Bevor sie noch etwas sagen konnte, meldete sich das Handy der Pflegerin mit seinem unmöglichen Gedudel.

## 2

Anders als die meisten haben sie noch einen Telefonanschluss, und der Apparat klingelt unaufhörlich. Ein aggressiver Anrufer. Oder ein verängstigter?

Emma starrt das Telefon an, sie kann das Schrillen kaum noch ertragen. Ist es Carl, das Ministerium, die Gestapo? Nein, die ruft nicht an, die überfällt einen ohne Ankündigung zu Hause. Sie wagt nicht abzunehmen, hält sich zurück, obwohl sie allmählich davon überzeugt ist, dass es doch Carl sein muss.

»Geh nie ans Telefon, Emma«, hat er ihr eingeschärft, »wir sind nicht da. Nur wenn ich mit unserem Code anrufe.«

Es ist der 25. Juli 1944, als sie das Telefon zu ignorieren versucht. Alles ignorieren, dann kommt man vielleicht doch noch davon, redet sie sich ein.

Seit dem 20. Juli sind die Tage kurz und die Nächte lang, Emma und Carl leben eingeschlossen in Angst und Anspannung. Jeder Schritt auf der Straße, jedes knarrende Dielenbrett, jede unbekannte Gestalt, jedes näher kommende Auto, jede Tür, die aufgeht. Man sagt, dass Angst lähmt, und so ist es. Das Gehirn arbeitet nicht mehr normal, als würde irgendein Stoff freigesetzt, der die gewöhnlichen Reaktionen unterdrückt. Nichts hält sich mehr an die Gesetze der Normalität.

Die Bombe unter dem Kartentisch in Hitlers Hauptquartier hatte zwar ein paar der Anwesenden getötet, aber die falschen, der gottgleiche Führer selbst hatte überlebt und noch am selben Tag, kaum hatte sich der Rauch verzogen und er selbst die zerrissenen Sachen gewechselt, seinen Freund Mussolini empfangen – die Fotografen hatten all das festgehalten. Seitdem lag auch eine Bombe in Carls und Emmas Leben, Hunderte von Kilometern entfernt, an der falschen Stelle des Tischs.

Trotzdem ist Carl ins Ministerium gefahren, wie er es schon seit vier Jahren tut. Die Nachbarn in Dahlem hätten ihn wie immer zur U-Bahn-Haltestelle gehen sehen können, wenn sie aufgepasst hätten.

Carls Chef Adam von Trott hat eine Sitzung anberaumt, Routinesachen. Tage- und nächtelang haben sie darüber gesprochen, ob er der Aufforderung Folge leisten soll. Tonlos hat Carl wiederholt und wiederholt, dass er nicht Nein sagen kann, und Emma hat gewusst, dass sie ihn nicht zurückhalten wird. Carl, ihren Mann, den sie über alles liebt und doch gehen lassen muss, weil er Trott nicht im Stich lassen darf. Nicht jetzt, nicht an diesem entscheidenden Punkt. Solidarität gegen Liebe. Verrat oder Zukunft, Freundestreue oder Flucht. Sein Leben, seine Frau? In Streit und Schweigen sind die Nächte vorbeigezogen.

Dann schleicht sich der Morgen mit dem Gesang der Vögel in ihren Garten, es ist Hochsommer, ein Tag, der aus dem Dunkel gebrochen wird. Ob sie sich diesen Abend wiederfinden werden, ist ungewiss. Carl versucht ein paar Worte, Emma schaut ihn nur an. Eine fast flüchtige Umarmung, drei-, viermal spürt sie seinen Arm in ihrem Rücken, seine Hand auf ihrer Wange. Sie weint nicht.

Wie versprochen hat sie einen Koffer gepackt, damit sie jederzeit das Haus verlassen kann. Im Notfall will sie nach Grunewald zu Wapenaar, dem Freund ihres Vaters, eine Viertelstunde mit dem Rad. Im Notfall: Ihre ganze Existenz ist ein Notfall geworden. Carl und sie haben sich an die Erwartung des baldigen Kriegsendes geklammert. Eines Endes, das Jahr um Jahr verschoben wurde. Jeder spekuliert darauf, jeder ist sich sicher, dass es nicht mehr lange dauern kann. Irgendwann glaubt keiner mehr daran, sogar Trott hat gesagt, dass er nicht weiß, wie es weitergehen soll. Trott! Der Freund, dem sie blindlings folgen und vertrauen, wohin er auch geht.

Mitten im Krieg waren Carl und Adam nach Schweden gereist, in die Schweiz und nach Portugal, neutrale Länder, in denen man sie gleichgültig oder argwöhnisch empfing. Während sie offiziell wichtige diplomatische Kontakte pflegten, hatten sie vorsichtig Verbindung mit den Westalliierten aufgenommen, von wachsendem Widerstand gegen Hitler auch unter den Generälen berichtet und um Unterstützung für den Fall gebeten, dass der Führer endlich beseitigt sein würde. Aber alles war vergebens, man traute ihnen nicht. Widerstand gegen Hitler, wer soll das glauben. Man hielt sie für Fahnenflüchtige, Opportunisten, die rechtzeitig vorsorgen wollten, Feiglinge mit adligen Allüren. Es waren trostlose Reisen durch einen Kontinent in Auflösung.

Mit den Jahren sind Carl und Emma noch mehr zu Außenseitern geworden. Hier in Dahlem, wo man vom Krieg nur sporadisch etwas merkt, könnte man manchmal noch glauben, dass all das Grauen da draußen nicht wirklich ist, dass noch Friede herrscht. In der Hitze des Juli zum Beispiel, wenn in den Gärten die Zeit stillzustehen scheint, keine Soldaten zu sehen sind, keine Bomben fallen. Doch jetzt, in den Tagen nach dem Attentat, bricht der Schrecken noch einmal mit aller Gewalt über sie herein.

Das verfluchte Telefon, das schon den ganzen Vormittag klingelt, das sie durchs ganze Haus und bis in den Garten verfolgt, sie kann ihm nicht entkommen, starrt es an. Es ist nicht der verabredete Code, ich gehe nicht dran, wir sind nicht zu Hause, du kannst anrufen, bis du schwarz wirst.

Um sieben Uhr ist Carl weggegangen, wie üblich. An der Hecke entlang zur Straße, zehn Minuten bis zur U-Bahn, genau um acht war er im Büro, um neun sollte die Sitzung anfangen. Seit zehn Uhr klingelt das Telefon, zehn-, zwanzig-, dreißigmal hintereinander. Warum? Sie irrt sich, es muss Carl sein.

Sie nimmt den Hörer ab, sagt aber nichts, wartet auf die schreckliche oder beruhigende Nachricht, den Hörer in der Hand, das Beil kann jetzt fallen.

»Frau Bielenberg, ich bin's, Ulla, Gott sei Dank, dass ich Sie erreiche! Man hat Ihren Mann verhaftet, wie alle anderen, Herr von Trott und Ihr Mann sind in die Prinz-Albrecht-Straße gebracht worden. Sie müssen sofort verschwinden, ihr Mann hat gesagt, auch die Angehörigen werden abgeholt.«

Das Beil ist gefallen, der Scharfrichter hat sich in Gestalt einer treuen Sekretärin ins Haus geschlichen.

Emma stammelt irgendetwas, legt auf, will dann zurückrufen, um Ulla zu danken, aber die Leitung ist besetzt. Der Koffer steht bereit, Kleider und Wäsche, ein paar Fotos, Papiere, ein Leben, von dem nicht mehr bleibt als der Inhalt eines Kastens mit einem Griff daran, tragbar und untragbar zugleich. Sie blickt sich um. Das Zimmer mit Aussicht auf den Garten liegt stumm und still vor ihr. Esstisch, Bücherschränke, das Haus ist voll und reglos und unbeschreiblich leer.

Ihr Fahrrad ist glücklicherweise noch in Ordnung. Sie legt den Koffer auf den Gepäckträger, hält ihn mit einer Hand im Gleichgewicht, während sie fährt. Sie fährt genau eine Viertelstunde, mechanisch, durch die idyllischen Alleen von Grunewald, wo der Reichtum wohnt und das Mitläufertum und die Schuld. Wapenaar ist eine Ausnahme, er ist weder reich noch Mitläufer. Verheiratet mit einer Deutschen, Niederländer mit schwedischem Pass, letzte Hoffnung für Tausende Niederländer, die in Berlin nicht mehr wissen wohin, die hier gestrandet sind, unterwegs nach nirgendwo, geflohen vor der Zwangsarbeit in den Fabriken am Stadtrand.

Sie muss ungesehen ins Haus kommen, es ist möglich, dass man Wapenaar inzwischen überwacht. Hinter jeder Kurve erwartet sie einen Kontrollposten, hinter jedem Baum einen Uniformierten. Aber es ist kein Mensch zu sehen, die Alleen sind still und verlassen.

Das Tor steht weit offen, sie fährt das kurze Stück bis zur Haustür, links und rechts Rosensträucher, sie erkennt alles noch vom letzten Mal, vor drei Jahren.

»Emma!«

Adriaan Wapenaar ruft sie vom Garten her, er kommt schnell auf sie zu. »Emma, Vorsicht, geben Sie mir den Koffer, ich helfe Ihnen.«

Seine Frau Elka folgt ihm, die beiden nehmen Emma mit zur Seite des Hauses, wo man sie von der Straße her nicht sehen kann, schließen die Türen des Wintergartens, führen sie zu einem Stuhl.

Wapenaar stellt keine Fragen, er weiß auch so Bescheid, weiß, dass die Jagd auf Verschwörer gegen den »Gottgleichen« eröffnet ist, und ebenso auf ihre Angehörigen und Bekannten. Schon Freunde von Freunden von Freunden sind verdächtig, ein Name in einem Taschenkalender, eine Jahre zurückliegende Verabredung, ein Telefongespräch sind Spuren, denen nachgegangen wird. Der Nachbar, das Dienstmädchen, der Hauslehrer der Kinder, alle stehen unter Verdacht, alle können auf einer Verhörliste landen, alle können irgendwann an der Reihe sein und müssen dann sagen, was die Herren hören wollen. Wapenaar kennt die Methoden des Packs und setzt seine Angst in effektive Sabotage um.

Es sind entscheidende Momente am Tisch der Wapenaars, ein langsames Herantasten an das, was zu tun ist. Wo soll sie hin, wie entkommt sie den Jägern. Es wird beschlossen, dass Emma in einem Zimmer im Obergeschoss bleibt, bis man weiß, wo Carl ist und was mit ihm passiert. Wapenaar sagt, dass sie jederzeit noch bei Verwandten von Elka im Schwarzwald unterkommen kann, in einem Dorf ohne Nazis. Die gibt es noch, Dörfer, in denen man sich hauptsächlich um seine Felder und sein Vieh kümmert und sich aus allem heraushält, so weit das möglich ist.

# 3

Soll ich Sie ins Bett zurückbringen?«

Emma blickte auf. Wie fremd ihr die dunklen Räume ringsum schon waren. Glanzlos und scheinbar zufällig verteilt standen die geduldig zusammengetragenen oder geerbten Gegenstände im Zimmer, sie hatte sie seit langem nicht mehr berührt, schaute sie nicht mehr an; all diese Dinge, die doch einmal eine Bedeutung gehabt hatten, kamen ihr starr und seelenlos vor. Dinge sind im Grunde wie Menschen, hatte sie früher gedacht, nur dass sie sich einem nicht so leicht entziehen.

»*Wie seine ewigen Wunder schützend uns umgeben …*«

»Was haben Sie gesagt?«

»Umgeben, beben, dieser Satz reimt sich auf beben, ich dachte, ich hätte ihn vergessen, aber jetzt ist er mir wieder eingefallen.«

Emma sah die Ratlosigkeit im Blick der Pflegerin: Was sollte sie von dieser alten Frau denken, die in Rätseln sprach und doch so klar war? Die weit weg und gleichzeitig ganz nah zu sein schien.

Sie machte keine Anstalten, ins Bett zu gehen. Lauwarme Abendluft wehte herein, oberflächlich betrachtet war sie in Sicherheit, hier gab es nichts Bedrohliches, das sie nicht selbst heraufbeschwor. Sie merkte kaum, dass die Pflegerin in die Küche ging. Sie hörte nur das Echo eines vergangenen Lebens, der Jahre in Leeuwarden, in Berlin, im Schwarzwald, in der Straße, in der sie nun schon seit mehr als sechs Jahrzehnten wohnte. Diese Straße war wie ein Basaltblock in einem Fluss, abgeschliffen, verwittert. Und hier im dritten Stock lebte Emma mit ihren alles überdauernden Erinnerungen.

Ihre Straße. Wann genau hatte sie zum ersten Mal die Wohnung betreten, aus der sie nie mehr ausziehen sollte? Der Krieg war in die Katakomben des Gedächtnisses verbannt, es war das Jahr 1946, überall sah man plötzlich Babys, in der Stadt stand alle hundert Meter ein Baukran. Heiraten, Aufbauen, lautete die Parole. Befreit und gefreit worden waren die Frauen. An Händen und Füßen gebunden, bedeutete das eigentlich. Wie viele Kinder hatte Emma in ihrer Straße aufwachsen sehen. Die Spiele: Murmeln, Fußball mit den Vätern, Seilspringen, Verstecken, stundenlang. Im Sommer kam gegen Abend ein Eiswagen, im Winter schleppte der Kohlenfahrer schwere Jutesäcke in die Keller, und jeden Tag stieg der Bäcker mit einem Korb die Treppen hinauf. In Schlafanzügen liefen die Kinder zu einem Nachbarn, der mit ihnen Gymnastikübungen machte, oder zu einem anderen, der ihnen aus *Nils Holgersson* vorlas. Die Fünfzigerjahre, eine längst in Stücke gegangene Welt.

Wie ein Gespenst war Emma aus dem Schwarzwald zurückgekehrt, ohne Carl, ausgedörrt von Schmerz.

Die Reise in die Niederlande war schlimmer gewesen als die Bombenangriffe, die sie in Berlin erlebt hatte. Es herrschte Chaos, Banden zogen plündernd durchs Land, sie musste damit rechnen, vergewaltigt oder ermordet zu werden. Mittelalter, der Frieden des Jahres 1945.

Eine allein reisende Frau war eine Provokation. Emma hatte sich die Haare kurz geschnitten, mit Mütze sah sie von Weitem wie ein Mann aus. Ein schöner Mann allerdings, und schöne Männer waren ebenfalls in Gefahr.

Zuerst reiste sie in Richtung Schweiz, weil sie ihren Vater suchen wollte, wurde aber an der Grenze abgewiesen, denn er hatte das Land schon vor Wochen verlassen. Außerdem war sie deutsche Staatsbürgerin, und für Deutsche hatten die Schweizer plötzlich nicht mehr viel übrig.

Die Reise zurück, durch ein Land, unwirtlich wie die Arktis, dauerte drei Wochen, von Basel über Freiburg, Karlsruhe, Trier, erst in einem Bus, dann eingeklemmt zwischen Dutzenden anderer Menschen auf einem überfüllten Lastwagen, mit einem Militärjeep, ein kurzes Stück auf einem Güterzug, vor allem aber zu Fuß, endlose Strecken zu Fuß durch eine verbrannte Landschaft. Emma kämpfte sich weiter, sie musste weg aus Deutschland. Endlich erreichte sie Aachen, ein Meer aus sinnlosen Ruinen.

Unversehrt schaffte sie es bis zur niederländischen Grenze, die der Name ihres Vaters schließlich für sie öffnete: Verschuur, Außenministerium, Widerstand – nach langem Palaver ließ man sie durch. Aber wohin sollte sie? Ihre Mutter wohnte in London, kurz vor dem deutschen Überfall auf die Niederlande war sie nach England gegangen. Nach London zu kommen war unmöglich, außerdem wollte Emma eigentlich nicht zu ihrer Mutter, sie hatte sie schon vor dem Krieg nicht oft besucht. Wo ihr Vater war, wusste sie nicht.

Sie empfand nichts, als sie in Limburg angekommen war, einem Teil der Niederlande, der ihr noch weniger heimatlich erschien als das Land, in dem sie mit Carl gelebt hatte. Carl. Nicht einmal der Gedanke an ihn konnte sie wärmen, sie war innerlich vollkommen erstarrt. Aber der Wille, nicht unterzugehen, war stärker als das Verlangen, sich vor den nächsten Zug zu werfen. So starr und kalt sich ihr Herz auch anfühlte, sie würde leben, überleben, allem zum Trotz.

Nach einem Tag unter Fremden, die einen unverständlichen Dialekt sprachen, beschloss sie, in Richtung Rotterdam zu gehen, nach Gouda, wo die Dudoks, Verwandte ihrer Mutter, eine Fabrik besaßen. Vor dem Krieg hatte diese Fabrik Maschinen in alle Welt geliefert, aber es war nicht unwahrscheinlich, dass sie jetzt in Trümmern lag. Sie erinnerte sich an einen netten Cousin, vielleicht wohnte er ja noch dort. Sie hatte ihre holländischen Verwandten kaum gekannt. Die Eltern ihres Vaters waren früh gestorben, und ihre Großmutter mütterlicherseits, die ihr mehr bedeutet hatte als ihre eigene Mutter, hatte den Krieg nicht überlebt.

Wen oder was würde sie noch vorfinden?

## 4

Bruno Verweij.«

Einen Moment klingt der Name nach. Sie lauscht dem Klang, sie hört, wie bescheiden der Mann seinen Namen ausspricht, nein, eher wie nebenbei, als wäre er nicht wichtig, als wäre nur ihr eigener Name interessant. Emma steht in einem kleinen Kreis von Leuten, die sich angeregt unterhalten. Der Mann, der Bruno Verweij heißt, ist nicht der Mittelpunkt, trotzdem hat Emma von Anfang an das Gefühl, dass die Gruppe ohne ihn ihren Zusammenhalt verlieren würde. Auf den ersten Blick ist er ganz anders als Carl, und doch ist da eine vage Ähnlichkeit.

»Emma Bielenberg«, sagt sie, wobei sie das g wie im Deutschen ausspricht. Er schaut sie aufmerksam an.

Das Frühjahr 1946 ist kalt. Noch Mitte März liegen an manchen Stellen Schneereste, die Sonne hat keine Kraft, wärmen muss man sich an anderem.

Ihr Cousin Chris Dudok und seine Frau Imke, bei denen sie wohnt, bis sie selbst eine Wohnung und Arbeit gefunden hat, haben sie in ihren Klub mitgenommen.

Ein halbes Jahr ist es jetzt her, dass sie vor ihrer Tür

gestanden hatte, einen Koffer in der Hand und die Mütze auf dem Kopf. Ein Standbild und eine Karikatur.

Chris hatte aufgemacht. Seine Reaktion war eigenartig, verwirrend. Er wurde kreidebleich und machte eine Bewegung, als hätte er auf sie gewartet und würde sie in die Arme schließen wollen.

»Erkennst du mich noch, Chris? Ich bin's, Emma, Emma Verschuur.«

»Mein Gott, Emma! Einen Augenblick dachte ich …« Er machte einen Schritt rückwärts, als wollte er sein Verhalten korrigieren, ungeschehen machen.

Emma wurde aufgenommen wie eine verlorene Tochter. Sie könne bleiben, so lange sie wolle, sie hätten Platz genug, sie sei gerade recht gekommen, sagte Chris fröhlich. Sie bekam zwei Zimmer mit Aussicht auf den Ringkanal und direkt gegenüber das große Eingangstor der Fabrik, Dudoks Maschinenfabrik. All das hatte etwas Unwirkliches, wie ein unscharfes Negativ von einem Foto aus der Vorkriegszeit, nichts hatte die geringste Ähnlichkeit mit dem, was sie in den vergangenen Jahren gesehen hatte. Wenn sie am Fenster stand, aufs Wasser schaute, die Menschen sah, manchmal ein Binnenschiff, das vor dem Fabriktor anlegte, wenn sie die Geräusche von Metall auf Metall hörte, die beim Laden oder Löschen herüberwehten, schien nichts sie zu erreichen.

Im Klub geht es angenehm lebhaft zu. Rund um den Billardtisch finden sich kleine Gruppen zusammen, ständig kommen neue Gäste herein, noch einen Hauch

Kälte um die Schultern. Man könnte glauben, es gebe viel zu feiern. Wiederaufbau in einer Provinzstadt, so voller Hoffnung, fast naiv. Der kleine Klub hat die schmutzigen Jahre irgendwie überlebt, endlich ist man die Moffen los, Gott sei Dank. Der Wohlstand ist noch nicht zurückgekehrt, aber das kleine Orchester spielt ganz wie früher, die ersten Sehnsuchtslieder füllen den Saal, die Bridgetische werden besetzt, die Karten gemischt. Jeden Samstagabend gibt es Musik, manchmal wird auch getanzt. Ohne besonderen Anlass, harmloser Übermut.

»Wo wohnen Sie, Herr Verweij?«

»Sagen Sie doch einfach Bruno und du, und darf ich Emma sagen?«

Sie nickt. Eine ebenso schlichte wie freundliche Bitte. In Deutschland wäre bis dahin viel mehr Zeit vergangen, sie kennt diese endlosen Umwege zu ein wenig Vertrautheit.

»In Rotterdam, in einer Straße, in der man den Krieg nur vom Hörensagen kannte. Und du?«

»Praktisch gleich um die Ecke, Regentesseplantsoen, am Kattensingel, bei Chris Dudok.«

»Ich kenne Chris gut, wir sind beide hier aufgewachsen, mein Vater war früher Bürgermeister, muss ich leider sagen. Aber ich fühle mich in Rotterdam wohler als irgendwo sonst. Sechs Jahre in dieser Stadt, in einer ganz gewöhnlichen Straße, und man will nie wieder weg. Gut, das gilt für mich, vielleicht würdest du sofort die Flucht ergreifen.«

Es ist nichts Besonderes, was er sagt, aber es klingt merkwürdig vertraut, sie spürt eine Nähe wie seit langer Zeit nicht mehr. Fast zwei Jahre lebt sie nun schon in einem Zustand der Betäubung, ihr Körper ist ein fremdes Ding, das sie kaum interessiert. Aber in diesem Moment fühlt sie, wie Bruno sie ansieht, so wie nur ein Mann es kann. Manchmal. Ohne Absichten, als eine Art Begrüßung, mit einer gewissen Scheu vor etwas Unbegreiflichem.

Wieder Musik. Er verbeugt sich. Will sie tanzen? Das hat sie seit ihrer Geburtstagsfeier im verdunkelten Berlin nicht mehr getan, Juni 1941, sie weiß es noch genau und will es doch vergessen. Sie antwortet, indem sie sich selbst verbeugt, hakt sich bei ihm ein und lässt sich von ihm zu der kleinen Tanzfläche führen, die wie ein Loch im Eis zwischen den dicht beieinanderstehenden Tischen und Stühlen liegt. Ungläubig staunend bewegen sie sich über das Parkett. So nah ist sie seit Jahren keinem Mann gekommen.

»Ich bin von Kopf bis Fuß«, spielen sie das wirklich? Wie damals, als sie sich mit Carl im Tanz drehte – die Fenster mit schwarzer Pappe verhängt, das Grammophon mit seinem großen Schalltrichter auf einem Bücherschrank, der Gesang von Marlene Dietrich in einem Zimmer voller Freunde. Gespannte Wachsamkeit, weil man das verbotene Lied der verbotenen Sängerin hörte. Nie hatte irgendein Lied so geklungen im Land des Feindes, im Land ihres Mannes.

Hier, wo es so freundlich und gesittet zugeht, klingt

es ganz anders. Nirgendwo Gefahr, jemand hat die Fenster geöffnet, um frische Luft hereinzulassen. Plötzlich tanzen Bruno und sie an einem großen Spiegel vorbei, und Emma sieht sich selbst. Sie bewegt sich, offenbar tanzt sie, sie hält jemanden im Arm, den sie nicht kennt, sie ist selbst jemand, der im Arm gehalten wird. Es ist, als würde sie in diesem Spiegel endlich heimkehren. Bruno scheint ihre Verwirrung zu bemerken, er bleibt stehen.

»Möchtest du zu Chris zurück, oder vielleicht etwas trinken?«

Warum sind diese harmlosen Sätze so bedeutungsvoll, oder eher noch rührend?

»Ja, gern, ich habe so lange nicht getanzt. Dazu gehört ein Glas Wein. Rotwein.«

Bruno legt ihr den Arm um die Taille, um sie durchs Gedränge zu lotsen, aber es ist nicht aufdringlich. Sie schaut ihn von der Seite an und sieht, dass er am Ohr einen dünnen Gazeverband hat. Das war ihr noch gar nicht aufgefallen, aber es ist entwaffnend. Der Schönheitsfehler schreckt sie nicht ab, im Gegenteil.

Sie bleiben lange im Klub. Es ist einer von den Abenden, die unbemerkt in die Nacht übergehen und beinahe noch den Morgen antippen. Emma wird ein paarmal von Freunden ihres Cousins zum Tanz aufgefordert. Chris selbst meidet die Tanzfläche, er beobachtet lieber. Emma versucht sich immer wieder in Brunos Nähe zu manövrieren. Unvernünftig, sie kennen sich doch kaum, und im Grunde will sie sein Interesse auch gar nicht wecken, sie ist zu einer Einzelgängerin geworden.

Noch einmal fordert Bruno sie auf. Als der Orchesterleiter den letzten Tanz ankündigt, sucht sich jeder einen Partner, sogar Chris wagt sich mit Imke zwischen die anderen Paare. Bruno, von der Ankündigung überrascht, kommt gerade noch rechtzeitig, um Emma einem leicht angeheiterten Mann wegzuschnappen. Sie sieht, wie er sich mit auffallender Eile einen Weg zu ihr bahnt, tut aber so, als hätte sie es nicht bemerkt, und sagt, ja, sie würde gern noch einmal tanzen. Daraus wird allerdings nicht viel, überall sind Ellbogen und Schuhe, ständig kleine Kollisionen, fast wird man zum Stillstand gezwungen. Seine Hand auf ihrer Hüfte, ihre Hand auf seiner Schulter, eingefrorene Bewegung. Ringsum Lachen, Reden, Leute stolpern, entschuldigen sich, die Musik ist manchmal kaum zu hören, sie wissen nicht, wie spät es ist. Einen kurzen Moment berühren sich ihre Köpfe, spürt sie seinen Ohrverband an ihrem Ohr, und eine lang vergessene Empfindung erregt sie.

Emma ist zu Hause angekommen.

# 5

Jetzt wurde es doch kalt. Die Pflegerin hatte ein paarmal gefragt, ob sie ihr ins Bett helfen solle, aber Emma hatte den Kopf geschüttelt. Sie wollte noch sitzen bleiben, wollte hören, wie die Nacht voranschritt und den Oudedijk allmählich still werden ließ. Die Pflegerin fand es lustig, Schwester genannt zu werden, das sei so schön altmodisch, hatte sie einmal gesagt, man habe gleich die gestärkten Hauben und Röcke früherer Zeiten vor Augen. Aber für Emma hatte das Wort auch etwas Beruhigendes, es war ein Wort, das Unheil verdeckte. Nahendes Unheil?

»Wann genau bin ich gefallen, Schwester?«

»Vor vier Monaten. In der Küche.«

»Und wie lange sind Sie jetzt hier, Judith?« Manchmal sagte sie auch plötzlich Judith statt Schwester.

»Knapp drei Monate.«

»*Ich fühle mich schon überall fremd, außer in der Ewigkeit.*«

»Bitte?«

»Vroman, Leo Vroman hat das geschrieben, ein Dichter. Als hätte er gewusst, wie ich mich fühle, alles an dieser Zeile stimmt.«

Es war ein übler Sturz gewesen. Sie war mühsam auf eine kleine Trittleiter gestiegen, um aus einem hohen Küchenschrank ein Döschen herauszuholen. Eigentlich brauchte sie das Ding gar nicht, das Ganze war völlig unsinnig. Wer mit sechsundneunzig auf Trittleitern steigt, fällt zur Strafe hinunter und bricht sich im schlimmsten Fall den Hals. Voilà. Natürlich war sie gefallen, die Trittleiter war weggerutscht. Ihre Nachbarin, vom Aufprall alarmiert, war in ihre Wohnung hinaufgestürmt und hatte sie auf dem Küchenboden vorgefunden, zusammengekrümmt vor Schmerzen. Aus ihrem Handgelenk ragte ein Stück Knochen heraus.

Vom Krankenhaus – »Das wird ein langwieriger Heilungsprozess« – ging es zur Reha und dann wieder nach Hause. Es war ein langwieriges Verschwinden. Vier Monate, irgendwann hatte man den Gips abgenommen, die Füße waren kaum noch zu gebrauchen. Und ihre Seele war wie verwandelt. Aus allen Winkeln und Abgründen waren die Dämonen der Vergangenheit hervorgesprungen. Emma war wegrehabilitiert.

Judith brachte Emma ins Schlafzimmer, im schmalen Rollstuhl durch eine inzwischen barrierefreie Wohnung.

*Das ist das dicke Babettchen, das will nie ins Bettchen. Das ist die Elfriede, die ist auch nie müde. Das ist der lange Klaus, der muss noch mal raus. Der Peter unterdessen, der muss noch was essen …*

Emma lachte. Die Pflegerin starrte sie verblüfft an.

»Haben Sie Hunger?«

»Sie nicht, Schwester?«

»Aber Sie essen nichts mehr, das haben Sie mit der Ärztin besprochen, Sie wollten nicht mehr, das wissen Sie doch noch?«

»Ich weiß alles noch, Judith, und die Abmachung gilt, ich setze sie nur für einen Augenblick außer Kraft. Würden Sie mir einen Zwieback mit Marmelade geben? Daran werde ich bestimmt nicht *nicht* sterben.«

Das klang komisch, und das sollte es auch. Ein Zwieback mit Marmelade, ein kleines Augenzwinkern in Richtung Ewigkeit.

Etwas widerwillig brachte Judith ihr den gewünschten Zwieback, mit Marmelade und drei Himbeeren, ihrem Lieblingsobst. Sie sah die vollen Himbeersträucher in ihrem Garten in Dahlem vor sich, das Bild hatte die Zeiten unbeschadet überdauert. Ihre Himbeersträucher, bestimmt standen sie noch. Wie alt konnten sie werden, so alt wie ein Mensch, wie eine Schildkröte, ein Elefant? Diese Beeren hatten etwas Geheimnisvolles an sich, man musste sie respektvoll pflücken, sonst lief einem das Blut über die Finger. Sie hatte Marmelade aus ihnen gemacht oder sie eingekocht, der Keller stand voll mit einem Sammelsurium von Gläsern.

Carl liebte es.

# 6

Wenn sie Adam eine Falle stellen, kannst du ihn auch nicht retten. Du musst nicht unbedingt zu dieser Sitzung, du weißt doch, dass du dich in Lebensgefahr begibst.«

Noch ein letztes Mal versucht sie Carl zu überzeugen. Aber es ist ein Rückzugsgefecht, ein kleines Scharmützel zwischen Hoffnung und Furcht. Im Grunde stimmt sie Carl zu, er kann Adam nicht im Stich lassen, seinen Freund in guten wie in schlechten Tagen. Mitgefangen, mitgehangen. Auch Adam ist verheiratet, seine Frau und er haben zwei kleine Kinder.

Die Nacht vom 24. auf den 25. Juli ist die schwierigste. Es ist eine Nacht, die später noch oft, unerwartet und unerwünscht, zurückkehren und Emma in ihren Abgrund hinunterziehen sollte.

»Was wird nun aus unseren Kindern?«

Emma und Carl liegen nackt nebeneinander, auf dem Rücken, Hand in Hand, es ist vier Uhr, gleich werden die ersten Vögel erwachen. Carl dreht den Kopf zur Seite. »Unseren Kindern?«, fragt er verwirrt.

»Ich meine die, die wir niemals haben werden.«

»Hab ich denn eben nicht mein Bestes gegeben?«

Er lacht, und Emma stimmt ein, trotz der bleiernen Schwere ihrer Worte.

Die wir niemals haben werden, es ist die schlimmste Drohung, eine Vorahnung des Endes. Ein verzweifelter Versuch, das Verhängnis doch noch abzuwenden? Etwas in der Art.

Das Gefühl der Verlassenheit ist überwältigend, es lässt alles unwirklich erscheinen, Carl, ihr Haus, all ihre Jahre mit ihm, ihre Jugend, als wäre keine Zeit vergangen, seit ihre Eltern sie allein bei ihren Großeltern zurückließen. Carl neben ihr, in ihr, Carl, der sie liebt, aber nicht schützen kann in dieser Zeit der Verfolgung und des Verderbens. Der gleich zu der Sitzung mit Adam fahren wird, sie kann es nicht verhindern.

In ihrer Verzweiflung fragt sie, ob er denn kein Vater werden will. Es ist fast beleidigend, es klingt wie eine Anklage, sie weiß, dass er nicht antworten kann. Aber warum schweigt er, warum sagt er nach seiner scherzhaften Bemerkung kein Wort mehr, nicht einmal ein Seufzen kommt von ihm, keine Tränen, kein Protest, keine Gegenfrage, nichts.

Ein bleiernes Schweigen, lähmendes Entsetzen, die Vollstreckung des Urteils steht bevor. Diese Nacht ist eine Übung in Warten.

Sie schaut zur Seite, noch ist das Fenster verhängt, damit sie für den Feind in der Luft unsichtbar sind. Carls Silhouette ist kaum zu erkennen. Um acht wird er im Ministerium sein, um neun beginnt die Sitzung, so ist es geplant, so wird es sein. Er hat in allen Tonarten auf sie eingeredet, um sie zu beruhigen. Es werde schon nichts passieren. Unsinn natürlich.

Was er sagte, klang so, als habe er sich schon mit allem abgefunden. Adam ist nicht leichtsinnig, er hat vorgesorgt, alle Spuren zu den Verschwörern verwischt, an uns wagen sie sich nicht heran, nicht an Adam, nicht an mich, an niemanden im Auswärtigen Amt.

Emma legt ihm die Hand auf die Brust, auf die Stelle, wo sein Herz ist, einen Moment trommeln ihre Finger, leicht und sanft. Dann legt sie sich vorsichtig auf ihn. Sie deckt ihn zu wie ein Kind, es bleiben nur seine Augen, sein Atem. Und ihrer. Fünf Uhr, sechs Uhr, halb sieben, Stunden eines Lebens, das endgültig vorbei ist. Sie stehen auf, ziehen sich mechanisch an, hören die Geräusche von der Straße, Laute eines Tages, der wie kein anderer sein wird.

»Sag Adam, er soll bald wieder vorbeikommen, seine Lieblingsmarmelade wartet auf ihn.«

Ein Satz aus einem kleinen Theaterstück, leer und zusammenhanglos.

Carl nickt. »Mache ich.«

Von der Tür in Richtung Straße, Weg, Himbeerstrauch, Gartentor, links. Emma sieht ihn verschwinden, wie eine Figur im Kasperletheater, die hinter den Vorhang schlüpft, gelenkt von einer unsichtbaren Hand. Mit der U-Bahn unter der zerstörten Stadt hindurch, die Treppe zum Sitzungssaal hinauf, in dem Adam von seinen Papieren aufschaut.

Ihr Händedruck, ihr fragender Blick.

# 7

Judith?«

Sie spürte die Hand der Pflegerin auf ihrer Schulter und sah einen Ring am kleinen Finger.

*Der Peter unterdessen, der muss noch was essen, nur unser Kleiner, lieb und nett, nimmt Teddy ans Beinchen und geht ins Bett.*

Judith sah sie besorgt an. Es klang ja auch ein bisschen wirr, was sie da sagte. Sie schien gleichzeitig jung und alt zu sein, geistig klar und senil, man wusste nicht, woran man mit ihr war.

Mit dem angefeuchteten Zeigefinger sammelte sie die Zwiebackkrümel von ihrem Teller. Wie ein zufriedenes kleines Mädchen.

Was hatte Bruno über die Straße gesagt, in der er während des Krieges gewohnt hatte? Dass es war, als wäre sie von einer Mauer umgeben gewesen, dass dort Spielregeln galten, die anderswo unbekannt waren, ja undenkbar. Dass man dort manchmal gerüchteweise vom Krieg gehört, sich aber nicht darum gekümmert habe.

Sie lag zwischen größeren und kleineren Alleen, einem See, auf dem man segeln konnte, einer Schule, einem

Wäldchen, es schien eine Straße wie viele andere zu sein. Eigentlich nicht mehr als eine Reihe von dreistöckigen Wohnhäusern, in denen vielleicht achtzig oder neunzig Menschen lebten. Die meisten waren jung, hatten Babys oder kleine Kinder oder wurden bald Eltern. Eine Straße wie viele andere? Nein, das dann doch nicht. Ferry, der Don Juan, und seine Frau Dietje, Henri, der lokale Held, und seine Pauline, der Richter Hein und seine Frau Ank, der Anwalt Jan mit seiner Anneke, der Philosoph Maarten und seine Frau Maria, René, der Homosexuelle, und seine Liebhaber. Und Bruno. Der Unvollständige, der Alleinstehende, der jeden Tag mit dem Rad zu seinem Büro bei Peterson's Hafengesellschaft fuhr, zu einem Leben außerhalb der abgeschirmten Idylle.

Nach und nach erfuhr Emma mehr über Brunos Straße. Es fiel ihm nicht leicht, über die Kriegsjahre zu sprechen. Aber an dem Abend im Klub ist er ihr gegenüber sehr offen.

Wie gehetzt erzählt er Emma ein paar Geschichten, die ihr im Gedächtnis bleiben werden, über diese eigenartige kleine Welt, fünf Jahre unter einer Glasglocke aus Illusionen und Verdrängung. Sie hört nur zu, kommentiert nicht, was er sagt, warum sollte sie. Illusionen und Verdrängung, sie kennt das nur zu gut, genau so waren die Jahre in ihrer wohlhabenden Gegend von Berlin.

Sie lauscht seinen Worten, als würde ihre Zukunft davon abhängen. Die Musik, die das kleine Orchester spielt, stammt aus der Vorkriegszeit. Alles, was etwas wert ist und überlebt hat, scheint aus der Vorkriegszeit zu sein. Fast ein Jahr ist seit der Befreiung vergangen, und man gewöhnt sich schon ein bisschen an den Frieden.

Die kleine Gruppe um Chris Dudok gehört zu den Letzten, die sich auf den Heimweg machen. Die Musiker packen ihre Instrumente ein, über den Flügel wird eine Decke gezogen, der Barkeeper ruft die letzte Runde aus, der Saal leert sich. Bruno und Emma stehen unter einem riesigen Gemälde, auf dem ein paar Männer an einem Tisch streng in den Saal blicken.

»Unser Rembrandt«, sagt Bruno fröhlich, *»Die Vorsteher der Tuchmacherzunft*. Der Mann auf dem Stuhl ist der Vater von Imke, ein Arzt. Die anderen hätten sich vielleicht auch gern gesetzt, aber vermutlich gab es nur diesen einen Stuhl im Atelier. Hier links von der Mitte steht der alte Dudok, der Vater von Chris, mit dem gestärkten hohen Kragen.«

Als sie den Abgebildeten betrachtet, fällt ihr ein, dass er der Bruder ihrer Mutter sein muss. Als Kind hat sie ihn ein paarmal gesehen, später nicht mehr. Soweit sie sich erinnern kann, hatte ihre Mutter nicht viel Kontakt mit dem »reichen« Zweig der Familie. Mit gespieltem Ernst studiert sie das monströse Gemälde.

»Und dein Vater ist nicht dabei?«

»Nein, mein Vater hielt nichts von Klubs und Cliquen. Ein Bürgermeister hat keine Freunde, lautete einer seiner Lieblingssprüche. Meiner Mutter war das übrigens völlig egal, sie hat oft ihre Freunde zum Essen eingeladen, und er setzte sich dann munter mit an den Tisch und führte das Wort, das Inkonsequente daran fiel ihm wohl nicht auf.«

Klubs und Cliquen, Bridgezirkel, Ruder- und Segelvereine, normale Dinge in einer ihr fremden Welt, mit alldem hatte Emma wenig zu tun gehabt. Sie war eine Fremde geblieben im Berlin der späten Dreißigerjahre, aber es war nun einmal die Stadt, in der Carl wohnte, Carl Bielenberg, der Mann, der sie … Halt. Nicht daran denken, nicht zurück. Einfach nur unter diesem Bild stehen bleiben und dem Mann mit der angenehmen Stimme zuhören. Sie ist ihm vor dem vergangenen Abend nie begegnet, aber er ist der Erste seit Carl, der sie interessiert, zu dem sie sich vielleicht sogar hingezogen fühlt.

»Darf ich dich nach Hause begleiten? Ich übernachte bei Freunden ganz in der Nähe, ich muss sowieso praktisch bei euch vorbei.« Es klingt wie eine Entschuldigung.

Kurz danach gehen Chris, Imke, Bruno und Emma über den Markt in Richtung Kattensingel. Als sie am Rathaus vorbeikommen, zeigt Bruno auf ein Fenster, das zum ehemaligen Büro seines Vaters gehört. Ein buntes Bleiglasfenster, hinter dem es dunkel wie in einer Zelle sein muss.

»Mein Vater nannte sein Büro den Kommandoturm. Er sprach auch meistens in einer Art militärischem Telegrammstil, mit möglichst wenig Verben. Ich habe mir gesagt, dass er mit diesem Offizierston seine sanfte Seite verbergen wollte. Ich liebte ihn.«

»Dein Vater ist schon eine Legende in dieser Stadt«, wirft Chris ein. »Weißt du das?«

Bruno nickt. Ja, ja, er weiß es. Sein Vater, der einäugige Offizier, Soldat der niederländischen Kolonialarmee, verwundet bei einer Strafexpedition gegen Rebellen in Aceh, im Inneren von Sumatra.

»Sein größter Widersacher im Stadtrat hieß Staal. Und der ist vorige Woche Beigeordneter geworden, dein Vater würde sich im Grab herumdrehen. Staal, ein passender Name für einen strammen Kommunisten, terrorisiert hat er deinen Vater. Die ständigen Querelen haben ihn mitgenommen, glaub mir, dieser Kerl hat ihn immer wieder bis aufs Blut gereizt, deshalb ist dein Vater krank geworden und gestorben, ich meine das ernst.«

Bruno antwortet nicht. Chris spricht mehr mit Emma als mit ihm.

»Emma, kannst du dir vorstellen, dass hier vor acht Jahren alles schwarz war vor Menschen, buchstäblich schwarz, als Brunos Vater vom Rathaus ›zu seiner letzten Ruhestätte‹ gebracht wurde, wie die Zeitung schrieb. Großartiges Wort, Ruhestätte. Es war beeindruckend still auf dem Markt, ich war auch da. Irgendwann rief ein Mann wütend, geradezu drohend: ›Staal!‹ Das schallte über den ganzen Platz, und danach wurde es noch stiller.«

Bruno schaut Emma kurz an. Er betastet den Verband an seinem Ohr, verschiebt ihn ein wenig, will etwas sagen, verschluckt es aber. Ihre Schritte hallen auf dem fast leeren Markt.

Dann fragt Emma ihn, ob Chris Recht hat. Sie hat damals in Berlin gewohnt und wenig von dem erfahren, was in den Niederlanden vor sich ging, ganz zu schweigen von Ereignissen in Gouda.

»Ja. Ja. Staal. Der Name wurde bei uns zu Hause möglichst nicht ausgesprochen, weil wir alle wussten, wir er meinem Vater zusetzte. Mein Vater, der vor niemandem Angst hatte, hat gegen den Straßenkämpfer Staal den Kürzeren gezogen. Dass der jetzt Karriere macht, schmerzt mich schon. Aber während der Besatzung war er wohl in Ordnung, nicht wahr, Chris?«

»Staal? In Ordnung? Habe ich, ehrlich gesagt, nie gehört.«

In Ordnung, ein Verräter, neutral, braun, schwarz, schwach, folgsam, angepasst, ein Vogel Strauß, taub. Emma kennt inzwischen all die Nuancen, die Einordnungen, die darüber entscheiden, ob jemand gefeiert oder verdammt wird. Sie selbst passt in keine dieser Schubladen, sie ist eine Kategorie für sich, weil sie mit einem »guten Deutschen« verheiratet war, was auch immer das heißt.

Sie spricht nie davon, nur Chris und Imke hat sie sich anvertraut, weil sie nicht anders konnte. Chris war auffallend interessiert an allen Einzelheiten ihres Berichts. Immer wieder war er auf die Bombenangriffe zurückgekommen, auf das Alltagsleben in Deutschland; mehrmals hatte er sie gefragt, warum relativ viele Menschen die Angriffe überlebt hätten. Ob sie Leute aus Hamburg oder Dresden gekannt habe, oder Lübeck.

Lübeck? Nein, Carl hatte immer in Berlin gewohnt, oder im Ausland, seine Familie stammte aus Süddeutschland.

# 8

Drei mal zwei Granittreppen hinauf, vorbei an hellbraun gebeizten Türen, zur obersten Etage, Wohnung 6 f. *Mr. B. Verweij* steht auf einer Visitenkarte, lose in die Ecke eines kleinen eingebauten Spiegels in der Mitte der Tür geschoben.

»Mister?«, fragt sie und zeigt auf die Karte.

»Meester, Master of Laws, aber es ist nichts Schlimmes und auch nicht ansteckend. Komm rein, du bist schneller oben, als ich dachte, ich sah dich kommen und wollte runterlaufen, um dir aufzumachen.«

»Es kam gerade jemand aus dem Haus, deshalb konnte ich gleich hinein. Das Lustige ist, der Mann, der mir die Tür aufhielt, hat gefragt: ›Wollen Sie zu Bruno Verweij?‹ Hast du allen hier Bescheid gesagt?«

»Wir stimmen immer in einer Vollversammlung darüber ab, ob jemand Neues in unsere Straße darf. Unsere Haustür liegt der Grenze zur Welt am nächsten, deshalb treffen die ersten Schläge uns. Aber niemand war dagegen, dass du kommst. Einer hat zwar noch gefragt, was du im Krieg gemacht hast, das wusste ich nicht, aber es war zum Glück kein Hindernis.«

Eine komische Szene für zwei Unsichere.

Ein paar Wochen nach dem Abend im Klub hat Bruno es gewagt, sie zu sich einzuladen. Sie hat einfach Ja gesagt. Und da ist sie nun. In der Wohnung, die er schon seit sechs Jahren allein bewohnt, sechzig Quadratmeter vielleicht, eine Eckwohnung im dritten Stock mit Aussicht auf eine Schule, ein Stück Wiese, einen Wassergraben mit Entengrütze. In einiger Entfernung sind Segelboote auf einem kleinen See zu sehen. Von drei Seiten fällt Licht herein; wenn die Sonne scheint und die Markisen heruntergeklappt sind, schimmert alles golden.

So ist es im Mai 1946, als er vor ihr her auf den überdachten Balkon geht, wo auf einem Tischchen Kuchenteller, Tassen, eine Kaffeekanne und eine Schale mit Gebäck bereitstehen.

»Selbst gebacken? Du bist deine eigene Frau.«

Er lacht, leise und ansteckend, und sie lacht mit. Der kleine Tisch, zwei Stühle, viel mehr passt nicht auf den Balkon. An einer Seite sieht sie eine Leiter, die zu einer Luke im Flachdach führt.

»Das ist der Fluchtweg für ausgemusterte Frauen«, antwortet er, immer noch lachend, auf ihre Frage nach dem Sinn und Zweck.

»Aha, soll ich vielleicht schon mal …«

»Nicht, bevor du diesen ausgezeichneten Kaffee und das mit gesparten Lebensmittelmarken erworbene Gebäck gekostet hast.«

Der Ton, die Atmosphäre, die Maskerade aus Nüchternheit und Scherzen, plötzlich erkennt Emma darin die erste Zeit mit Carl – so war es damals, so ist es jetzt, so ist es anscheinend gut und wird es sein.

»Es gibt noch keine zukünftige Frau?«

»Außer mir selbst und einem jungen Mann aus dem Widerstand ist nie jemand auf dieses Dach geklettert, schon gar keine Frau. Frits Rauwenhoff hieß er, er wohnte hier in der Nähe und war nur kurz zu Besuch. Dass er im Widerstand war, wurde mir erst klar, als die Polizei anrückte und er im Handumdrehen auf dem Dach war und verschwand. Sie haben ihn nie geschnappt. Ein kluger Junge, er wusste genau, dass ich in diesem Block der Einzige mit einer Leiter zum Dach war. Nach der Befreiung hat er sich sogar noch bedankt. Unsinn, hab ich gesagt, ich habe dir zu danken. Er scheint nämlich ein paar wichtige Aktionen geleitet zu haben.«

Gleich darauf entschuldigt er sich dafür, dass er angefangen hat, von der Kriegszeit zu sprechen. »Um auf deine Frage zurück zu kommen: Noch keine zukünftige Frau, nein, noch nicht. Aber ich arbeite seit einigen Wochen daran. Ununterbrochen, Tag und Nacht. Und es ist noch ein schönes Stück Arbeit.«

Eine sonderbare Liebeserklärung, so unbeholfen und witzig zugleich, Emma muss laut lachen. Neben der Sichtblende zum Nachbarbalkon erscheint ein grinsendes Männergesicht.

»Fort mit dir, Maarten, zurück in dein Loch. Hier ist eine Frau, die lacht, aber das hat dich nicht zu kümmern.«

»Willkommen in unserer Straße, Emma«, sagt der Mann und verschwindet.

Was so gut anfängt, muss doch gut ausgehen, denkt Bruno, oder er hofft es, wie er ihr später erzählt.

»Woher weiß er, wie ich heiße, Bruno?«

»Ich rede im Schlaf, und die Wände hier sind hellhörig.«

Ein Pingpongspiel mit Fragen und witzigen, schlagfertigen Antworten, die zwischen ihnen hin und her tanzen, mit denen sie einander noch auf Abstand halten, so lange, wie sie es für nötig halten.

Und das ist lange, es dauert schon jetzt Wochen und wird noch Monate dauern.

Die Umrisse von Emmas Leben bleiben für Bruno vage, sie weicht aus, wenn es um die Kriegsjahre geht, sogar bei Fragen nach den Jahren davor, ihrer Jugend. Er hat noch nicht viel mehr erfahren, als dass sie mit einem Deutschen verheiratet gewesen ist, in Berlin gewohnt hat und untergetaucht ist, nachdem ihr Mann unter dem Vorwurf des Verrats verhaftet wurde, aber darüber erzählt sie nichts, sie vermeidet das Thema.

Berlin, Ehe, Verrat, Verhaftung, Flucht, all das erscheint unwirklich, gespenstisch, seine eigene Geschichte ist dagegen bedeutungslos.

Dass er in Maartens Frau verliebt gewesen ist und dass diese unerlaubte Liebe sich fast drei Jahre lang in Kellern und Verschlägen, im Wald und auf Inselchen in dem kleinen See abgespielt hat, kommt ihm plötzlich lächerlich, ja, geradezu kindisch vor, obwohl er viele

Monate lang fast verzweifelt gewesen ist, als er sie im letzten Kriegsjahr hatte loslassen müssen. Die Leere ohne sie. Davon erzählt er Emma aber nichts, erst viel später erfährt sie davon.

Geschichten voller Lücken, und doch, was sie hören, gefällt ihnen von Mal zu Mal besser.

# 9

Heute ist Montag, nicht wahr, Judith?«
»Ja, Frau Verweij.«
»Dann kommt er also morgen.«
»Ja, um elf Uhr, hat er gesagt.«

Fragen nach Tag und Uhrzeit, das Los eines Menschen, dem nur noch sehr wenig und immer weniger Zeit bleibt.

Vor einer Woche hatte Emma sich entschieden, nicht mehr zu essen und ihre Medikamente abzusetzen, außerdem hat sie seitdem möglichst wenig getrunken. »Unterlassen lebensverlängernder Maßnahmen« in Eigenregie, eine Methode, so alt wie die Menschheit. Hatte ihre Großmutter nicht ungefähr das Gleiche getan? Sie erinnerte sich, dass ihr Vater einmal davon erzählt hat. Wie er seiner Mutter geholfen hatte, als sie drohte, sonst aus dem Fenster zu springen, und wie ihn das noch in seinen Träumen verfolgte. Jetzt war sie die Mutter, der man beim Sterben helfen musste. Morgen würde ihr Sohn Thomas aus Deutschland kommen, wo er schon seit Jahren wohnte.

Ihr Vater. Ein Schemen aus dem Reich, aus dem es keine Wiederkehr gibt. Oscar Verschuur, der sein Leben lang Diplomat gewesen war und sein Leben lang auf der Flucht, auf Reisen zwischen Hauptstädten in aller Welt. An sein Gesicht konnte sie sich ohne Foto kaum noch erinnern, an seine Stimme gar nicht mehr. Ein Mensch mit vielen Geheimnissen und trotz allem noch jeden Augenblick in ihrem Gedächtnis.

Es hatte Zeiten gegeben, in denen sie es kaum ertragen konnte, dass sie nicht an ihn herankam, dass er sich ihr entzog. Dennoch hatte sie ihn sehr geliebt, auf eine beinahe sentimentale, jedenfalls hilflose Art. Das war so geblieben, er war so etwas wie ein Kompass für sie, nah und fern zugleich.

Auch jetzt, in ihren letzten Tagen, war er da. Emma hatte immer noch ein Gefühl dafür, was er gutheißen oder ablehnen würde; auch vor ihrer Entscheidung, nicht mehr zu essen, hatte sie sich gefragt, was er wohl davon halten würde. Er schaute ihr über die Schulter, aber das störte sie nicht weiter.

»In Ordnung, Emma«, hätte er wahrscheinlich gesagt.

In Ordnung, in Ordnung, alles war in Ordnung oder nicht in Ordnung. Welche Ordnung war das eigentlich, welche unsichtbare Richtschnur von welchem unbekannten Gott? Korrektheit, Gleichgültigkeit, Bequemlichkeit, Gewährenlassen, eine Ordnung des Mittelmaßes – oder der Ohnmacht? Jedenfalls waren Zustände und Handlungen nach unergründlichen Maßstäben in Ordnung oder nicht.

Im Februar 1953 war Emmas Vater plötzlich und aus

unbekannter Ursache gestorben. Während der großen Sturmflutkatastrophe von 1953 zu sterben war sicher nicht »in Ordnung«: eine Todesanzeige zwischen unzähligen anderen, von niemandem wahrgenommen. Martinus Nijhoff, ein anderer von ihren Helden, war in derselben Woche verstorben. Auf Oscars Trauerkarte hatte Emma zwei von Nijhoffs Versen drucken lassen. *Leben ist Träumen. Sterben heißt, dass es uns diesem Schlaf entreißt.*

Zur Beerdigung waren nicht viele gekommen. Oscars Freunde waren über die ganze Welt verstreut. Und Emmas Mutter Kate kam nicht mehr rechtzeitig, Emma konnte sie nicht erreichen, sie reiste gerade durch Afrika. Erst bei ihrer Rückkehr in die Niederlande erfuhr sie, dass ihr Mann tot und begraben war.

Ein grauer Morgen auf dem Friedhof Westerveld, vornehme Grabsteine im hügeligen Dünengelände, fast häusergroße Familiengrüfte, Standbilder zwischen Trauerweiden. Der starke Wind hat Blumen von den Gräbern geweht, überall liegen Sträuße, kleine Blumentöpfe und Kranzbänder, Gärtner sind mit Aufräumen beschäftigt. Vorneweg geht Emma neben Bruno, der Michael und Thomas an der Hand hält. Die wenigen Trauergäste folgen.

Es ist, als müsste sie Tochter und Ehefrau zugleich sein.

Die Kleinen finden es interessant, sie flüstern, Thomas singt sogar manchmal vor sich hin. Der Gang zum

Grab dauert lange, zu lange, findet sie, hügelauf, hügelab. Emma hat noch nicht gesehen, wer ihnen folgt. Erst als sich alle, so gut es geht, rings um das Grab versammelt haben, blickt sie sich um. Sie sieht unbekannte Gesichter, erkennt ein paar alte Freunde, pensionierte Diplomaten, entfernte Verwandte. Chris und Imke natürlich. Und dann, genau gegenüber, am weitesten von ihr entfernt, der engste Freund ihres Vaters. Emma hat ihn seit dem Krieg nicht mehr gesehen. Wapenaar, Adriaan Wapenaar. Wo kommt er jetzt her? Emma nickt ihm langsam zu, er erwidert ihren Gruß.

Seine Anwesenheit bringt Emma aus dem mühsam gefundenen Gleichgewicht zwischen ihrem Kummer und dem Gefühl der Verantwortlichkeit. Sie wollte ein Gedenken ohne allzu viele Emotionen. Hier draußen, wo immer wieder Böen durch die Sträucher und Bäume fegen, ist das an sich schon nicht leicht, doch Wapenaar macht es ihr noch schwerer. Er ist untrennbar verbunden mit jenen dramatischen Jahren ihres Lebens, über die sie immer geschwiegen hat. Sie will anfangen, bringt aber keinen Ton heraus. Wapenaar nickt noch einmal, um sie zu ermutigen, was niemand zu bemerken scheint, auch Bruno nicht.

Dann spricht sie, kurz und eindringlich. Sie bezieht ihre Mutter in den Kreis der Trauernden ein – sie habe sie leider noch nicht erreichen können –, und anscheinend wundert sich niemand über Kates Abwesenheit, obwohl es doch merkwürdig bleibt, dass sie nicht hier ist, auch wenn Oscar und sie schon lange getrennt lebten. Hin und wieder schaut Emma Wapenaar an, der reglos zuhört, den Kopf ein wenig zur Seite geneigt. Soll sie ihn als den »Waffenbruder« ihres Vaters erwähnen? So hatte sie es vorgehabt, ohne zu ahnen, dass er da sein würde.

Sie tut es, und die wenigen Sätze beschwören das verlorene und gehasste Berlin herauf, zusammen mit der Liebe und Freundschaft, die sie dort trotz allem erfahren hat.

Oscar Verschuur und Adriaan Wapenaar, *two of a kind*, vor dem Krieg, während des Krieges und danach. Zwei Vagabunden, immer unterwegs, um vielleicht einmal zu bleiben. Was blieb, war ihr Bündnis, die Treue zu gemeinsamen Geheimnissen. Ihr Vater hatte in ihrer Freundschaft auch eine Art Lebensversicherung gesehen. Wie sich gezeigt hatte, zu Recht.

Wapenaar starrt auf den Boden.

»Man hat ihn nach … Emma, er ist … er hat …«

Wapenaar berührt ihre Schulter, Elka hält ihre beiden Hände. An dem Tisch im Wintergarten gefriert ihr das Blut im Kopf, sie spürt nichts, ihre Augen sind geschlossen, ihr ganzer Körper hat sich abgeschottet, im Nachbargarten bellt unaufhörlich ein Hund. Wo sind ihre Eltern, niemals sind sie da, wenn man sie braucht.

Nirgends sind sie, genau wie jetzt, wie hier, an einem windigen, trostlosen Mittwochmorgen auf diesem gottverlassenen Friedhof direkt an der Nordsee. Emma hat Angst, dass sie nicht weitersprechen kann, ein Wapenaar, der mit den Tränen kämpft, das ist zu viel.

Bruno lässt die Jungen los und legt ihr den Arm um die Schultern, genau im richtigen Moment. Sie dankt den Anwesenden für ihr Kommen, lädt zu einem Abschiedsumtrunk ein, geht zum Sarg neben dem offenen Grab, berührt kurz den Deckel mit der flachen Hand, dreht den Kopf zu Wapenaar und nickt.

Er hat gewartet, bis sich die Reihe der Kondolierenden aufgelöst hat. Bruno ist mit den Jungen in Richtung Strand gegangen, die Sonne kommt heraus.

»Guten Tag, Emma, Ihrem Vater hätte Ihre Ansprache gefallen.«

Wapenaar umarmt sie, das hat er nie zuvor getan.

»Herr Wapenaar, ich hatte überhaupt nicht mit Ihnen gerechnet. Ich hoffe, ich habe über Sie und meinen Vater das Richtige gesagt.«

»Oscar genießt unter Diplomaten den Ruf eines Helden, das haben Sie vermutlich nie gewusst. Aus Diplomatenkreisen habe ich auch von seinem Tod erfahren. Als die meisten von uns an ihren Schreibtischen geblieben sind, hat er Menschen über die Schweizer Grenze geholfen, was sehr gefährlich war. Er selbst hat kaum davon gesprochen, aber nach dem Krieg haben viele von seinen gut geplanten, erfolgreichen Unternehmungen berichtet. Ihr Vater war ein außergewöhnlich mutiger Mann, Emma. Ich habe ihn sehr bewundert.«

»Aber Sie haben in Berlin das Gleiche getan, und vielleicht war das noch gefährlicher. Sie müssten also mindestens ebenso berühmt sein.«

Ein Wettstreit in Sachen Ruhm und Tapferkeit. Wapenaar geht nicht darauf ein.

»Wie ich sehe, sind Sie wieder verheiratet und haben Kinder. Eine wunderbare Neuigkeit, über die Elka sich sehr freuen wird.«

»Wie geht es ihr? Grüßen Sie sie bitte herzlich von mir.«

»Sie lässt Sie ebenfalls herzlich grüßen. Sie ist schwer krank, sonst wäre sie natürlich mitgekommen«, sagt er tonlos.

Emma berührt seinen Arm, er legt seine Hand auf ihre. Eine Wiederholung von Gesten, Hände auf Schulter und Arm, nur diesmal ohne Elka.

Sie ist wieder in Grunewald, im Wintergarten der Wapenaars.

Emma bat die Pflegerin, sie jetzt ins Bett zu bringen. Der Zwieback war schon verdaut, das hohle Gefühl breitete sich aus. Es war aber kein wirklicher Hunger, darüber war sie hinaus, und auch Durst hatte sie kaum. Hin und wieder setzte sie ein Glas an den Mund, trank aber nicht, sondern befeuchtete nur die Lippen.

Was ihr zu schaffen machte, war ein Zuviel an Erinnerungen, sie verlor sich im Labyrinth ihres Gedächtnisses.

Sechsundneunzig Jahre alt war sie geworden, fast ein Jahrhundert überblickte sie und hatte nichts verstanden.

## 10

Es dauert tatsächlich Monate. Bruno fährt mit dem Zug von Rotterdam nach Gouda – nicht zu oft, er will sie auf keinen Fall bedrängen –, ein Auto besitzt er nicht. Im Unterschied zu Chris, der es Emma gern ausleiht. Manchmal überrascht sie Bruno, dann wartet sie auf ihn vor seinem Haus, wenn er von der Arbeit heimkommt, und sieht ihn vom Oudedijk her elegant die Kurve nehmen und auf sie zuradeln.

Sommer 1946, mehr als ein Jahr ist seit der Befreiung vergangen, und ein Jahr, seit Emma taumelnd in dieses Land zurückgekehrt ist. Die allmähliche, unaufhaltsame Gewöhnung an so etwas wie ein normales Leben, das sie zwar von früher her kannte, aber völlig vergessen oder zumindest in den Hintergrund ihres Gedächtnisses gedrängt hatte.

Die Welt ihrer Jugend, ihrer Großeltern und Eltern, als sie noch eine Familie waren und in Irland wohnten, in Belgien, in den Vereinigten Staaten, in Brasilien. In so vielen Ländern hatte sie als Kind gespielt, hatte immer wieder andere Schulen besucht, und nie war es ihr schwergefallen, sich an eine neue Stadt und eine neue Schule zu gewöhnen. Solange sie bei ihren Eltern war, konnte ihr nichts geschehen. Alles änderte sich, als sie erfuhr, dass sie in Leeuwarden bei ihren Großeltern bleiben sollte. In dem eiskalten Moment, als ihre Eltern fortgingen und sie »zu ihrem Besten« in den Niederlanden zurückließen.

Noch mehr als zwei Jahrzehnte später hat sie ein leichtes Zittern in der Stimme, als sie Bruno davon erzählt. Das Erzählen ist ohnehin nicht ihre Stärke, alles kommt von sehr weit her, ihre Berichte bewegen sich mühsam von der Stelle, verschweigen mehr, als sie offenlegen, aber das macht nichts, Bruno und sie haben es nicht eilig. Sie sitzen auf dem Balkon und beobachten schweigend die Segelboote auf dem See.

Der Sommer 1946 ist warm wie kein anderer, ganze Abende verbringen sie auf dem Balkon, im Zimmer brennt kein Licht, Bruno bringt erst Tee, dann Port, dann Rotwein. Annäherung auf Zehenspitzen, es ist, als müssten sie erst tief in sich hineinhorchen, in ihre Erinnerungen, ihren Körper, ihr Verlangen. Ein seltsamer Tanz auf der Stelle, eher ein Stehen wie bei ihrer ersten Begegnung in Chris Dudoks Klub. Auf der kleinen Tanzfläche neben dem Billardtisch, seine Hand auf ihrer Hüfte, der Beginn einer Veränderung. Aus dem Chaos heraus und fort von Carls Liebe.

»Ich würde dir gern etwas zeigen, aber ich fürchte, dafür musst du diese Leiter hinauf.«

Im Licht der tief stehenden Sonne sieht sein Gesicht

verwittert aus und verwirrt. Er steigt zu der Luke im Flachdach, öffnet sie, klettert aufs Dach und streckt Emma die Hand entgegen, um ihr auf dem letzten Stück zu helfen, ein unbequemer Weg zu einer großartigen Aussicht. Das Dach ist mit grobem Kies bedeckt, in der Mitte stehen in regelmäßigen Abständen rechteckige Schornsteine, Wahrzeichen des Komforts, die Wohnungen in diesen Häusern haben offene Kamine.

Bruno lässt Emmas Hand nicht los, als er sich vom Rand entfernt. Mit so viel Leere um einen herum werde man sonst leicht schwindelig, murmelt er, das sei ihm auf diesem Dach schon mehrmals passiert. Bei einem der Schornsteine bleiben sie stehen, und er zeigt auf die Stadt, die Welt der anderen.

Das allerinnigste Licht, das es gibt, ist das des Septembers, das allersanfteste das des Septemberabends, ein, zwei Stunden vor Sonnenuntergang. Ein Nachbar gegenüber ruft seine Tauben. Als würde er sie alle mit einem einzigen Lasso einfangen, so kreisen die Vögel immer tiefer über seinem Kopf, bevor sie nacheinander zu ihrem Schlag hinunter fliegen. Die Zirkusnummer eines Taubenzüchters. Emma und Bruno sehen die letzte Taube verschwinden. In der Ferne strecken Kräne ihre Arme in den Himmel, ein Kirchturm ist zu sehen, der Schornstein eines Gaswerks. Der Wiederaufbau des zerstörten Zentrums von Rotterdam hat gerade erst begonnen, und mit dem Fernglas könnte man die halbe Stadt überblicken.

»Sag, wie gefällt dir unsere Straße da unten?«

Unsere Straße?

»Würdest du hier mit mir leben wollen?«

Bruno schaut Emma an, sie erwidert seinen Blick. Sie sieht die Gaze an seinem Ohr, noch nie hat sie ihn ohne den Verband gesehen, sie spürt den Griff seiner Hand, sie merkt, dass er sie beide im Gleichgewicht halten will.

Sie legt ihre freie Hand auf seine Wange und nickt.

## 11

*Mr B. Verweij, Stellvertretender Direktor der Industrie- und Handelskammer zu Rotterdam* steht auf seiner Visitenkarte. Frisch gedruckt bescheinigt sie ihm die endgültige Aufnahme in die Welt der Erwachsenen. Handelskammer zu Rotterdam, das klingt nach einer Körperschaft aus dem Goldenen Zeitalter der Niederlande. Und ein Goldenes Zeitalter soll wieder kommen; diesmal beginnt es hier.

Bruno begleitet seinen Vorgesetzten K. P. van der Mandele nach Deutschland. Mit KP nach Hamburg und Lübeck, Krefeld und Köln, Düsseldorf, den Rhein entlang, die Elbe hinunter. KP, diese Initialen haben etwas Martialisches, und es ist auch eine Art Feldzug, den KP in Deutschland führt, mit Bruno Verweij als Adjutant.

Brunos Wanderjahre. Vergessen sind die trübsinnigen Tage bei Peterson's Hafengesellschaft, in einer Zeit, als der Hafen kaum noch arbeitete, Kriegsgebiet war, eine Versorgungsstation für den Feind und für Neutrale: Schweizer, Portugiesen, Schweden, Südamerikaner.

Van der Mandele und Bruno sind ungewollt zu Pionieren der Versöhnung geworden. Die Wirtschaft in den deutschen Trümmerstädten, die sich gerade mühsam aufrappelt, braucht die Verbindung mit dem Meer, Rotterdam wird zum Synonym für künftigen Wohlstand, für alles, was es in Deutschland nicht mehr gibt.

Die deutschen Unternehmer wagen kaum zu hoffen, dass noch jemand mit ihnen reden will. KP und Bruno tun es, wenn auch mehr für Rotterdam als für die Deutschen. Auf vornehm-zurückhaltende Art bringen sie den Handel wieder in Schwung.

Nicht immer hat Bruno das Gefühl, das Richtige zu tun, wenn sie durch das verachtete Land reisen und überall so gastfreundlich empfangen werden, Hände schütteln, als wäre nichts gewesen, verhandeln, an Empfängen und Diners teilnehmen. Vorerst bezahlen die Amerikaner alles, man fängt fast bei Null an, aber man baut auf die Zukunft. Wenn Westdeutschland rasch wieder auf die Beine kommt, hält man dadurch die Russen fern. Das Schlachtfeld Europa soll möglichst schnell aufgeräumt werden, damit die Wüste wieder blüht wie die Lilien.

Emma und Bruno haben Teil an diesem Erblühen. Ihre beiden Söhne, Michael und Thomas, nur ein Jahr auseinander, spielen mit anderen Kindern aus ihrer Straße. Es ist Anfang der Fünfzigerjahre, die halbe Welt wird auf- und umgebaut, wohin man auch kommt, hört man Hämmern und Sägen.

Mitten in dieser Zeit des Aufbruchs stirbt Brunos Mutter, an einem Julitag im Jahr 1950. Sie hatte die Kriegszeit gesund überstanden, ihre tödliche Krankheit kommt unerwartet.

Als kleiner Junge von vier, fünf, sechs Jahren hatte Bruno oft wie ein Hund unter dem Flügel gelegen, wenn seine Mutter Chopin spielte oder Liszts *Liebestraum*, schönere Musik gab es für ihn nicht, diese Anfangsmelodie war zum Thema seines Lebens geworden. Doch der Spott seiner Brüder – »das Küken unter Mamas Flügel« – hatte ihn schließlich von seinem Lieblingsplatz vertrieben, und er hatte sich neben seine Mutter auf die Klavierbank gesetzt.

In aller Eile sind sie nach Zeeland gefahren und haben Brunos Mutter noch lebend angetroffen. Bruno, sein Bruder Hendrik, dessen Frau und die Tochter Maud, seit einem Bombenangriff der RAF im Rollstuhl, Emma, sie alle sind um das Bett versammelt.

»Wann kommt Rob?«, fragt Brunos Mutter noch.

»Er ist unterwegs, er kann jeden Augenblick hier sein.« Bruno schaut Hendrik an, sie wissen beide, dass sie lügen.

Ihr Bruder Rob, der ostentativ Abwesende, hat Europa schon vor dem Krieg verlassen, um nach etwas zu suchen, das es nicht gibt, um sein Schicksal auszutricksen. Seit anderthalb Jahrzehnten wartet seine Mutter auf diesen Jungen. Mit einiger Mühe haben sie ihn in Kapstadt ausfindig gemacht, wo er nach vielen Ortswechseln gelandet ist, und ihm Geld für die Reise geschickt.

Er wird nicht rechtzeitig kommen, wissen sie inzwischen, nicht einmal zur Beerdigung. Ihr Bruder, ihr kaum beachteter Schatten, ihr schlechtes Gewissen.

Wider Erwarten kommt er doch noch, wenn auch, natürlich, zu spät, die Beerdigung ist schon vorbei. Als hätte er seine Mutter vor sich schützen wollen. Bruno erwartet ihn in der Ankunftshalle von Schiphol. Stunden hat er auf der riesigen Terrasse mit Aussicht auf die Start- und Landebahnen verbracht, so viel Verspätung hat die KLM-Maschine aus Südafrika. Als Einziger hat er von Rob hin und wieder noch ein Lebenszeichen erhalten, ein paar Briefe mit Berichten über den Krieg und wie er durch ihn »hindurchgestolpert« ist. Briefe eines Draufgängers, allerdings voll schrecklicher Details. Über seine Zeit als Kriegsgefangener, die Zwangsarbeit beim Bau der Birma-Eisenbahn, die Torpedierung des japanischen Transportschiffs, das ihn zusammen mit zweitausend anderen nach Nagasaki bringen sollte. Die Bombe, die nur wenige Kilometer von seinem Lager entfernt abgeworfen wurde. Manila, Batavia und Kairo, seine Rückkehr nach Südafrika. All das geschildert mit der kühlen Munterkeit von einem, der alles überlebt. Aber Bruno hatte die Wehmut hinter jeder Zeile gespürt, und das Bewusstsein des Scheiterns.

Sein letzter Brief, ein paar Wochen vor dem Tod ihrer Mutter, war nur ein Umschlag mit einem Foto darin: Rob zwischen zwei Unbekannten vor einem großen Filmplakat, ein Kino in einer unbekannten Stadt. Er trägt ein weißes Smokingjackett und deutet mit dem

Finger auf den Filmtitel: *Till We Meet Again.* Der eine Mann neben Rob zeigt auf das Bild der Heldin des Films.

Bruno hatte das Foto seiner Mutter gegeben. Sie hatte nichts gesagt, aber sie haben das Foto in ihrem Taschenkalender gefunden, mit einer Büroklammer bei dem Tag ihres Todes festgesteckt.

*Till We Meet Again* – die Geschichte einer Suche nach dem Geliebten in der Unterwelt, einer Suche, bei der man sich nicht umdrehen darf und es doch tut.

Als sich die großen Glastüren hinter ihm geschlossen haben, schaut Rob sich um, blass vor Müdigkeit. Bruno nähert sich ihm behutsam, er kann fast nicht glauben, dass der Mann dort sein Bruder ist. Fünfzehn Jahre hat er ihn nicht mehr gesehen, seit er ihm bei der Abfahrt von Hoek van Holland nachgewinkt hatte. 1935, ein Weltkrieg liegt dazwischen.

»Brüderchen?«

Ungläubige Verwunderung auf beiden Seiten. Das unbehagliche, beinahe verschämte Wiedersehen zweier Brüder, die vor langer Zeit aus dem Leben des anderen verschwunden sind, Söhne einer Mutter, die es nicht mehr gibt.

Ein paar andere Passagiere übergeben ihre Koffer einem Gepäckträger, einer der Männer klopft Rob im Vorbeigehen auf die Schulter und murmelt »Cheers«. Rob lacht, ruft ihm auf Afrikaans etwas nach, hakt sich bei Bruno ein und geht los. Wenn man das so nennen kann.

Bruno führt ihn ins Freie, was nicht so einfach ist, die Beine scheinen Rob den Dienst zu versagen, irgendein Teil der Maschinerie in seinem Inneren blockiert.

Später erzählt Bruno Emma, wie ihn der Anblick seines Bruders erschreckt hat, vor allem aber seine ersten Schritte. Und er wiederholt Wort für Wort ihre Gespräche. Emma sollte all das nie mehr vergessen, und so tragisch Robs Ende auch war, es blieb das Licht der paar Tage und des letzten Abends mit ihm, ihrem verirrten Schwager, ihrem zugeflogenen Verbündeten.

»Er hat schon den Tod im Leibe, Emma.«

»Er muss zu einem Arzt, ich werde Dr. Milders bitten, ihn zu untersuchen.«

Als sie ihn darauf ansprachen, schaute Rob sie beide an, als wüsste er längst, dass eine Untersuchung überflüssig war. Die Bombe hatte ganze Arbeit geleistet. Fünf Jahre radioaktives Material im Körper, man brauchte nicht Medizin studiert zu haben, um hier die richtige Diagnose zu stellen. Krebs, überall. Dr. Milders sagte das übrigens nicht so deutlich, als er die Laborbefunde bekommen hatte. Er fragte seinen Patienten noch einmal besorgt nach seinen Beschwerden.

»Die sind von vorübergehender Natur, Herr Doktor. Ich meine natürlich: Ich bin das. Wie lange noch?«

Milders war aufgestanden.

»Nicht mehr sehr lange, ein halbes Jahr, vielleicht ein Jahr.«

Rob gab ihm die Hand. »Sie sind ein Optimist. Danke

für Ihre Mühe, schicken Sie die Rechnung bitte an meinen Bruder, er legt Wert darauf. Der Junge sollte besser auf sich selbst achtgeben, ich mache mir Sorgen um ihn. Haben Sie seine Ohren gesehen?«

## 12

An seinem letzten Abend kommen sie bei Bruno und Emma zusammen, Robs alte Freunde und Freundinnen aus Holland. Vor allem die Freundinnen. Am nächsten Tag wird er zurückfliegen.

Noch einen Abend ohne Gedanken an diesen Körper und an den Krieg, hat er wahrscheinlich gedacht. Was der Arzt gesagt hat, verschweigt er, auch gegenüber Emma und Bruno. Erst als er drei Monate später in Kapstadt tot aufgefunden wird, berichtet Milders ihnen von den Untersuchungsergebnissen und von Robs Reaktion.

Sie kommen aus Gouda und Gorkum und Amsterdam und Deventer, sie sind noch jung, verheiratet, haben Kinder. Ihr Bruder Hendrik ist nicht dabei, er hat sich entschuldigt: zu viel zu tun. Rob und Bruno kennen dieses Zu-viel-zu-tun, die alte Eifersucht auf Rob hat Hendrik wieder gepackt, die Anziehungskraft des Abenteurers macht ihn neidisch, hat ihn seit jeher neidisch gemacht.

Rob hat den Keller ihres Hauses als Bar eingerichtet. Lampions geben gerade so viel Licht, dass man einander sehen kann. Eine steile Treppe führt zu den Räumen mit den kahlen Betonwänden hinunter; Fahrräder stehen dort, an einer Wand lehnen Müllsäcke, ein schmaler Gang führt zu den verschließbaren Kellerabteilen. Ein Keller, der auch als Luftschutzraum hätte dienen können.

Rob hat einen Plattenspieler ausgeliehen und Getränke gekauft, besser gesagt, Emma hat all das für ihn getan. Platten aus den Dreißigerjahren werden abgespielt, deutsche, österreichische, englische, amerikanische. Auch die Musik, die erst mit der Befreiung gekommen ist, Lieder aus dem American Songbook, Cole Porter, Tommy Dorsey, Bing Crosby.

Rob kennt jede Note, er singt. Und erzählt die Geschichte seines Lebens, seiner Jahre in Niederländisch-Ostindien, im Fernen Osten, in Südafrika. Die magische Wirkung, die er in seiner Jugend besaß, sie ist wieder spürbar. Die Frauen sind fasziniert von seinen Erlebnissen, seiner Erscheinung, seiner Stimme. Was sie anzieht, ist diese beherrschte Wildheit, die Abneigung gegen das Normale, ein beunruhigender Charme. Und seine Einsamkeit. Ein unwiderstehlicher Cocktail – für die Mutigen.

Und mutig fühlen sich an diesem Abend alle. Es ist Sommer und warm. Nachbarn kommen dazu, auch aus anderen Häusern, sie bringen Flaschen und Gläser mit, und so wird es auf einmal ein Nachbarschaftsfest. Was mit zwanzig Personen anfing, endet mit sechzig. Eine Frau zieht ihre Bluse aus und tanzt, ruhig und verwegen zugleich, in ihrer grellfarbigen Corsage über dem weißen Rock. Rob hält sie an einer Hand, er bleibt stehen, während sie um ihn kreist. Seine Augen glänzen, als die anderen applaudieren.

Die unterirdischen Stunden zählen doppelt, die Lampionlichter erlöschen nach und nach und lassen das Nachtdunkel herein, aber der Morgen ist nicht mehr fern, und der Mond ist auch da und scheint durch die Kellerfenster. Rob ist der Mittelpunkt und doch immer im Fortgehen. Keine Frau wird diesen Abend mit Rob vergessen, die Männer übrigens auch nicht. Die Frau, die ihre Bluse ausgezogen hat, wollte ihn nicht verführen, es war einfach ein Gruß an den Mann, der er ist oder gewesen ist. Eine Ehrenbezeigung gegenüber ihrer alten Liebe. Einer geträumten. Denn Rob ist nie geblieben, bei keiner.

Jemand steckt neue Kerzen in die Lampions, das Licht kehrt in kleinen Pünktchen zurück. Eine Schallplatte dreht sich schimmernd, die Musik ist in dem überfüllten Raum kaum zu hören. Bruno setzt sich neben Rob.

»Du bist ohne Koffer weggegangen und mit nichts zurückgekommen. Wieso eigentlich, Rob? Ich habe nie richtig verstanden, warum du so Hals über Kopf wegmusstest, ich konnte es dich nicht fragen. Es gab Jahre, in denen ich dich schrecklich vermisst habe.«

Die Worte reißen Rob aus dem Augenblick heraus, er schaut zur Seite, will antworten, überfallen vom Klang der Stimme, der Gefühle darin.

»Vater hielt nicht viel von mir, Hendrik war eifersüchtig, du hast studiert, und Mutter …« Er schweigt einen Moment. »Wie ihr in Hoek van Holland am Kai gestanden und gewinkt habt – alle wart ihr da. Weißt du noch, dass ich vor euren Augen Vaters Empfehlungsbriefe zerrissen habe, gespielt gleichgültig, und ins Wasser geworfen habe? Das hab ich mir selbst nie verziehen. So eine aggressive, provozierende Geste von einem sehr von sich selbst eingenommenen kleinen Arschloch. Wenn ich eine Pistole gehabt hätte, dann hätte ich bestimmt damit herumgefuchtelt. Fasst mich nicht an, lasst mich in Ruhe. Alles wollte ich anders machen, ich wollte es der Welt zeigen. Mein Gott, was für eine beschissene Revolte gegen Vater, *lousy*.«

Bruno schüttelt verständnislos und ungeduldig den Kopf, er kann seinen Ärger kaum unterdrücken.

»Wir hatten es gut zusammen, aber du musstest alles kaputt machen. Als ob du uns mit deinem schweren Motorrad, mit dem du die Mädels damals so beeindruckt hast – manche von ihnen sind ja auch heute Abend hier –, mal kurz über den Haufen fahren würdest. Seit deiner Abreise habe ich Vater und Mutter nie mehr richtig fröhlich erlebt. Du hast nichts von dir hören lassen, hast nicht geschrieben, du warst nicht da, als Vater starb, ich hatte das Gefühl, dass du uns endgültig abgehakt und zu den Akten gelegt hast.«

»Ich konnte in Vaters Gegenwart nicht atmen. Ich habe so zu ihm aufgeschaut, habe ihn auf eine vertrackte, unmögliche Weise geliebt. Ich habe ihn imitiert und mich zugleich langsam, aber sicher von ihm entfremdet. Es war der Selbsterhaltungstrieb, der mich fortgehen ließ, Bruno. Weniger als acht Jahre später bin ich dann beim Bau der Birma-Eisenbahn durch Thailand gekrochen, in Wolken von gefährlichen Stechmücken. Von wegen Selbsterhaltung.«

Bruno ist wütend, Rob klingt verbittert, und in einigen Stunden wird er das Flugzeug nach Kapstadt nehmen. Wie gerufen taucht Emma auf.

»Emma, dein Mann ist böse auf mich, bitte komm!«

»Aber Rob, das ist er bestimmt nicht, er hat nie anders als herzlich von dir gesprochen, er gibt sogar mit dir an! Er ist unglaublich stolz auf dich.«

»Kommt mir nicht so vor. Er hat mir gerade ganz schön den Kopf gewaschen.« Er hebt beide Hände.

Bruno lacht über diese Geste der Hilflosigkeit, sein Zorn ist verflogen.

Robs Nacht ist fast zu Ende, die Gäste lehnen sich müde an Wände, stützen sich auf abgestellte Fahrräder. Bruno und Emma sehen, was die anderen nicht wissen können: Es sind die letzten Stunden eines in lauter Anläufen stecken gebliebenen Lebens. Von Bitterkeit ist nichts mehr zu spüren, nur noch ein bemerkenswertes Hinnehmen des Endes, das nicht mehr weit ist. Keiner der drei spricht es an, keiner würde es leugnen. Robs nahendes Ende verbindet sie, statt sie zu trennen.

Für Emma ist Rob noch ein fast Unbekannter, sie kennt ihn nur aus den Berichten Brunos und der anderen, den aufregenden Erzählungen von einem Jungen, der sich nichts sagen ließ, einem ruhelosen Mann, einem Abenteurer, Glücksritter, verlorenen Sohn. Einem verlorenen Bruder.

Rob, Bruno und Emma stehen zusammen, alle mit einem Glas in der Hand, die Männer rauchen, damit sind sie ausreichend gewappnet.

Es ist immer noch warm in den Kellerräumen, die Nacht hat kaum für Abkühlung gesorgt. Die Frau ohne Bluse kommt zu Rob und legt ihm den Arm um den Hals.

»Nimmst du mich mit nach Kapstadt?«, fragt sie unerwartet ernst. Es ist eher eine Bitte als eine Frage.

»Natürlich nehme ich dich mit, Anna. Aber ich fliege ja schon heute, schaffst du das?«

Anna schafft es nicht. Sie ist schön, erhitzt und ein bisschen angeheitert.

Mit seiner freien Hand lotst Bruno sie vorsichtig in Richtung der improvisierten Bar, er befürchtet, dass sie sonst ein ernstes Gespräch mit Rob anfängt. Emma nimmt Robs Arm und will ihn nach oben in die Wohnung bringen, der Morgen ist längst angebrochen.

»Nein, Emma, warte noch, ich gehe gleich mit, aber ich möchte noch etwas sagen. Könntest du die Musik abstellen?«

Er klatscht in die Hände, jemand bittet um Ruhe. Aus anderen Teilen des Kellers kommen die letzten Gäste in den Raum, in dem die Bar und der Plattenspieler stehen. Bruno hat sich auf ein dickes Heizungsrohr gesetzt, Emma stützt Rob von einer Seite, sein anderer Arm ruht auf der provisorischen Theke.

»Eine Rede, eine Rede!«, echot es im Gang. Dicht gedrängt, todmüde, mit glasigem Blick, aber glücklich schauen die Menschen Rob an, der wie ein Geist aus ihrer Vergangenheit aufgetaucht ist.

»Vor zwei Wochen ist meine Mutter beerdigt worden, ich kam zu spät, wie ihr wahrscheinlich gehört habt. Seit fünfzehn Jahren bin ich immer und überall zu spät gekommen, und vielleicht hätte ich nie fortgehen dürfen. Aber auch dieser Gedanke kommt zu spät. Nicht zu spät ist es aber dafür, euch allen für dieses Fest zu danken – dass ihr nach so langer Zeit gekommen seid, macht vieles gut. Ich habe manches Mal an euch gedacht. Entweder war ich dann tief unter der Erde, oder ich kroch über die Erde, oder ich lag im Laderaum eines Schiffs oder in einer Baracke. Aber manchmal habe ich euch auch vor mir gesehen, wenn ich gar nicht damit rechnete, in weit entfernten Ländern. Ihr hier in Holland wart wie eine unerreichbar gewordene Insel, von der ich geflohen war. Warum, weiß Bruno allein, und er schweigt. Ihr Lieben, was ich sagen wollte, äh …«

Rob zögert, er sucht nach Worten. Dann schaut er Emma an, als wüsste sie, was er ausdrücken möchte.

»Was ich sagen wollte, gebt ein bisschen auf Emma acht, sie ist eine wunderbare Frau. Und auf mein Brüderchen, einen wunderbaren Mann. Ihr werdet mir fehlen.«

Das war es, mehr kommt nicht. Es ist genug. Emma führt Rob durch den Keller zur Treppe. Er umarmt jeden, lacht, küsst die Frauen, küsst sie noch einmal. Dann, Schritt für Schritt langsam die Treppen hinauf, in Richtung Bett, in Richtung Kapstadt.

Wie Bruno ihn abgeholt hat, so bringt er ihn zum Flughafen zurück. Mit dem Unterschied, dass Rob jetzt einen Koffer bei sich hat, gefüllt mit dem Tafelsilber aus dem Elternhaus. Bei der Aufteilung der Besitztümer hat er sich etwas aussuchen dürfen. »Was in einen Koffer passt«, war seine Devise. Das schönste Silber, sie hatten es nie geschont, eine sehr konkrete Erinnerung.

»Rob soll als Erster wählen«, hatte Bruno gesagt. »Und keinen Krempel, etwas Wertvolles.«

Rob kann den Koffer kaum hochheben, Tragen wäre unmöglich. Bruno trägt ihn, während er Rob mehr oder weniger vor sich her schiebt und bei einer Stewardess abliefert, die ihn begleiten wird.

»Meine Silberlinge.« Rob zeigt auf den Koffer.

Bruno lacht, obwohl ihm nicht danach zumute ist.

»Pass auf dich auf, Brüderchen, und lass deine Ohren mal richtig behandeln, diese Verbände scheinen ja nicht zu helfen.«

»Ich werde mir Mühe geben, Rob. Melde dich, wenn du zu Hause bist. Sei vorsichtig.«

»Ja, ja, Bruno, du hörst auf jeden Fall von mir. Okay, Schwester, gehen wir.«

Die Stewardess protestiert nicht, als Rob ihr den Arm

um die Schulter legt, aus ihrem Blick spricht eine Art fröhliche Fürsorglichkeit.

Noch einmal dreht Rob sich um, bevor seine Helferin und er durch die Passkontrolle gehen.

»Pass auf Emma auf, Bruno!«

Und weg ist er.

Als Bruno Emma die Szene auf Schiphol schildert, fragt er gespielt eifersüchtig, was sie denn so alles mit Rob besprochen habe.

»Du hast ihn ziemlich beeindruckt. Seine letzten Worte galten dir!«

## 13

Hören Sie, Judith, ich würde eigentlich gern aufstehen, es wird doch inzwischen Morgen sein. Ich muss halbwegs ordentlich aussehen für Thomas, er kann jeden Augenblick hier sein.«

Emma hatte zu der alten Kuhglocke gegriffen, die immer auf ihrem Nachttisch stand, das Läuten drang mühelos durch die Wand in das kleine Zimmer, in dem die Pflegerin schlief.

»Nein, Frau Verweij, es ist erst drei Uhr in der Nacht, Sie müssen noch ein bisschen schlafen.«

Heute war Judith sogar in dem Sessel neben Emmas Bett sitzen geblieben, sie hatte sofort auf Emmas Läuten reagiert.

Schlafen. Es kam Emma plötzlich so vor, als habe sie ihr ganzes Leben geschlafen, ja, verschlafen. Kurz vor dem Ende auf einmal dieses übermächtige Gefühl, kaum gelebt zu haben. Sechsundneunzig Jahre alt und gerade erst aufgewacht.

Dass man noch nichts Besseres als Schlafen zur Regenerierung erfunden hatte. Was für eine Übertreibung, acht Stunden täglich im Bett, liebe Güte, eine solche Zeitverschwendung. Für alles gab es heutzutage eine

Pille, nur nicht gegen das Schlafbedürfnis. Nijhoff hatte recht, erst der Tod entreißt uns dem Schlaf. Ein bisschen spät hatte sie das begriffen.

Am Vormittag würde Thomas kommen, und danach das »Team«, ein nettes Wort für den Anfang vom Ende. Palliativ-Team Ost, herzlich willkommen.

Emma sah eine Brigade mit Spritzen bewaffneter Menschen vor sich, die zu ihr ins Haus kamen. Siegesgewiss, gut ausgerüstet, einen strahlenden Blick in den Augen, trainiert in schonender Behandlung. Palliativ-Team Ost zur Stelle, jederzeit bereit, effektiv, verfügen Sie über uns. Schatten auf der Tapete, Gespenster aus der Tasche ihrer Hausärztin.

Thomas hatte gerade zur rechten Zeit ihren alten Arzt durch eine Kollegin ersetzt. Der andere machte nicht gern Hausbesuche, und wenn er dann doch einmal kam, interessierte er sich mehr für ihre Gemälde, die er ausführlich betrachtete, die Hände in den Taschen, als für die alte Frau, die mit ihm über ihre Wehwehchen oder Krankheiten oder den Tod sprechen wollte. Typ »Mütterchen«.

Emma hatte es zu lange geduldet, seine Bewunderung für ihre Einrichtung amüsierte sie auch, aber angesichts dessen, was auf sie zukam, hatte sein ausweichendes Verhalten sie mehr und mehr gestört.

Nach dem Wechsel atmete sie auf. Wöchentlicher Besuch, kein ablenkendes Gerede über die Kunstgegenstände in ihrer Wohnung, die Ärztin achtete nicht auf die Umgebung, sondern konzentrierte sich ganz auf ihre Patientin. Und das war auch nötig. Durch den Sturz auf den Küchenboden war ihre ganze Welt durcheinander geraten, das Puzzle war in seine Teile zerfallen, das Puzzle in ihrem Kopf. Seltsam deutlich, aber in willkürlicher Reihenfolge spulten sich Abschnitte ihres Lebens vor ihr ab.

Ihre Wange ist nah bei seiner Schulter und berührt manchmal kurz den weichen Stoff seines Jacketts. Das Buch hält er locker in der Hand, zur anderen Seite hin, wie um Platz für sie zu schaffen. Er ist dabei, aus einer reichlich dunklen Abhandlung Kierkegaards vorzulesen. Das Interesse an dem dänischen Zauberer ist nach über einem Jahrhundert durch Werke neuer Existentialisten wie Heidegger und Sartre wiederbelebt worden.

Die Worte bewegen bei Emma nicht viel, dafür aber die Stimme des Vorlesers. Louis Terpstra, ein Pfarrer, der hin und wieder in der Stadt predigt und dem sie zuhört, als hinge viel, sehr viel davon ab. Er ist etwas älter, anziehend durch sein Wissen und die Art, wie er darüber spricht, gefährlich für eine Frau, deren Kinder bald flügge werden und deren Ehemann viel auf Reisen ist. Gott und Erotik, ein schönes Paar. Auch Terpstra weiß das und reißt sich lange Zeit zusammen.

»Man kann sich nicht ›bis zu einem gewissen Punkte‹ auf Gott einlassen. Denn Gott ist gerade das absolute Gegenteil von allem, das ›bis zu einem gewissen Punkte‹ ist«, liest er.

Louis wiederholt den Satz. Das sei natürlich wahr,

sagt er dann, wenn er auch bekennen müsse, dass er selbst nicht viel weiter als »bis zu einem gewissen Punkte« gekommen sei.

»Na, immerhin doch bis auf dieses Sofa, Louis.«

Er lacht auf. Das Sofa, auf dem sie sitzen, ist lang genug, um darauf zu liegen. Auf den Seiten, die er vorgelesen hat, steht so viel Erhabenes und Unbegreifliches, dass in seiner Stimme immer mehr Verwunderung mitschwingt. Das Tagebuchzitat verstehen sie noch. Doch die Unbedingtheit in allem, was dieser Philosoph geschrieben hat, bereitet Emma Unbehagen. Männer und ihre Verabsolutierungen, in Bronze gegossen, in Marmor gemeißelt. Von ihren Ansichten über Frauen ganz zu schweigen. Kierkegaard hatte auch eine Vorliebe für diese Thema, die Frau dies, die Frau das. Grenzenlos fasziniert von Der Frau.

»Judith!«

»Ja, Frau Verweij?«

»Jemand hat ›Emma!‹ gerufen.«

»Aber nein, hier ist niemand außer mir.«

»Irgendjemand hat gelacht, Judith, und ich habe eine Tür schlagen hören. Ist Louis weg?«

»Sie müssen geträumt haben, oder Ihnen ist gerade irgendeine Erinnerung gekommen. Sie haben aber nie von einem Louis erzählt. Ist er ein Verwandter?«

Emma lag mit weit geöffneten Augen im Bett und starrte ins Dunkel. Ja, sie hatte geträumt, aber etwas wirklich Geschehenes. Geträumte Wirklichkeit, eine unscharf gewordene Episode, die sie souverän verdrängt hatte.

Louis war ein Vorbeigehender, ein Mann, den sie vor langer Zeit getröstet hatte, und der mehr von ihr hatte haben wollen. »Nein, Louis, nein.« Er hatte die Tür zugeschlagen, Kierkegaard lag auf dem Boden. *Sweet dreams.*

# 14

Es ist Juni 1966, und Bruno reist nach Deutschland, es ist seine letzte Reise mit KP, denn van der Mandele, den Bruno und Emma gelegentlich auch DB nennen, den distinguierten Bullenbeißer, geht bald in Pension. Zwei Wochen durch ein Deutschland, das ebenso schnell aufgebaut worden ist wie ihr Rotterdam. Im Krieg in ein Trümmerfeld verwandelt, erstrahlen heute beide in neuem Wohlstand. Die Zeiten, in denen DB und Bruno voller Skrupel und mit schlechtem Gewissen die Städte am Rhein besuchten und auf Empfängen Small Talk hielten, sind vorbei. Sie haben Freundschaften geschlossen und duzen ihre Gastgeber. Einen Deutschen erstmals zu duzen hat etwas Feierliches, dazu gehören Händeschütteln, Umarmungen, manchmal sogar Tränen: ein Nie-wieder-Krieg-Ritual sozusagen.

Immer wieder nach Deutschland. Bruno denkt darüber kaum noch nach, es ist quasi Teil seiner Geschäftsnatur geworden. Rotterdam ist die Drehtür des Handels mit Deutschland, die Industrie- und Handelskammer der Portier, der dafür sorgt, dass sie sich ohne Quietschen dreht. Aber wie ist es für Emma, dass er so oft dort unterwegs ist? Jedes Mal hat sie das Gefühl, dass er in das getarnte Versteck ihrer Vergangenheit eindringt.

Einundzwanzig Jahre lang ist sie nicht mehr in Deutschland gewesen, einundzwanzig Jahre lang hat sie nichts von diesem Land hören und wissen wollen. Manchmal hat Bruno sie gefragt, ob sie ihn nicht begleiten will, immer wieder fand sie einen Grund, das nicht zu tun. Bis jetzt. Hinter den Kindern verstecken kann sie sich nicht, ihre Söhne wohnen nicht mehr zu Hause. Deshalb sagt sie diesmal Ja.

Verwirrt schreckte Emma aus dem Schlaf, es war noch Nacht, neben ihr saß Judith. Louis war ihr im Traum erschienen, Bruno reiste nach Deutschland, und plötzlich war sie selbst dort, nicht mehr bei Louis, sie begleitete Bruno! Aber natürlich, er war ihr Mann. Ihr zweiter.

Mit Bruno nach Deutschland, quer durch das Land, das sie einmal beschützt hat. Ist das ihre erste Empfindung, als sie jenseits der Grenze die deutschen Namen auf den Schildern liest und die Sprache wieder hört? Wie seltsam. Es sind alte Reflexe, verschwiegene Gefühle, verborgene, verdrängte.

Der Juni in Deutschland ist schrecklich schön, sie fahren zwischen Hügeln voller blühender Wiesen hindurch. Es geht nach Hamburg und Lübeck, wo die Handelskammer ebenfalls schon seit Jahren aktiv ist, Bruno hat Freunde dort. Emma kennt Norddeutschland nicht, und solange Berlin außerhalb des Blickfeldes bleibt und der Schwarzwald unerwähnt, wird dieser kleine Hansestadt-Trip schon nicht so schlimm werden. Denkt sie.

Wie alt wäre Carl heute, wenn er nicht? Sechsundfünfzig, noch in der Fülle seiner Kraft, noch ein Fels in der Brandung. Ihr grabloser Mann.

Jeden Gedanken an sein Schicksal hat sie unterdrückt, sie hat dem Nachbarland den Rücken zugewandt und sich nie umgedreht. Das ging lange sehr gut. Ein Leben, ausgefüllt durch die Kinder und Bruno, ein Leben in ihrer Straße und ihrer Stadt. Die Entdeckung des Gottes von Louis Terpstra, und alles, was das nach sich zog. Das Vergangene zugedeckt, uns geht es gut, es könnte nicht besser sein.

Sie erinnert sich an das Versprechen, das sie sich selbst gegeben hatte, als sie über die Grenze nach Limburg kam. Sie hatte sich geschworen, sich nie mehr nach dem dunklen Bunker ihrer Vergangenheit umzuschauen – und für den Rest ihres Lebens alles und jeden zu akzeptieren und zu lieben. Glück als Aufgabe, als Pflicht, als altes Versprechen, als etwas Machbares.

»Sind Sie noch da, Judith?«

»Natürlich, Frau Verweij, ich gehe nicht weg, ich sitze hier gut und …«

Emma hörte schon nicht mehr zu.

Plötzlich ist Carl wieder da. Nicht, weil Emma endlich doch in sein Heimatland zurückgekehrt ist. Nein, durch etwas, womit sie nicht rechnen konnte, was nicht vorstellbar war.

Es ist früher Abend. Zur Begrüßung der holländischen Wirtschaftsvertreter hat man zahlreiche Gäste geladen, die nun eintreffen; ein Schiff wird die ganze Gesellschaft durch den Hamburger Hafen fahren, und überall an Deck, in den Sälen und sogar auf der Brücke stehen festlich gedeckte Tische. Auf anderen Schiffen am Kai sitzen schon Möwen und Krähen, die auf Abfälle warten. Gläser und Besteck glänzen im späten Sonnenlicht. Ein Diner mit Tanz auf dem Wasser ist einmal etwas anderes als der übliche Empfang in einem langweiligen Hotel. Mit ein paar anderen Rotterdamern gehen Emma und Bruno an den Tischen entlang, zeigen auf die Tischkarten und versuchen ihre eigenen Namen zu entdecken.

Alle sind an Bord, das Schiff legt ab, man sammelt sich auf dem Vordeck. Noch scheint die Sonne, und es ist windstill. Die meisten Frauen tragen Hüte, die Männer Smoking.

Auf den Kais und Piers wird gearbeitet, als gelte es, den festen Glauben an die Zukunft zu bekräftigen, Kräne heben Fracht aus Laderäumen, Lastwagen fahren hin und her. Noch ist Hamburg der kleine Bruder von Rotterdam, aber man beobachtet sich. KP hat schon gewarnt, Vorsicht vor Hamburg. Vorsicht bedeutet: Lasst euch nicht überholen. Aber heute Abend feiert man zwanzig Jahre Freundschaft zwischen den beiden Häfen. Glanzvoll und üppig.

»Clarita?«

Emma kann es kaum glauben, sie ist es, vor ihr steht die Frau, die sie seit jener verhängnisvollen Woche im Jahr 1944 nicht mehr gesehen hat, die mit ihr in den Abgrund gerissen wurde, den bodenlosen. Clarita Trott, Adams Frau. Einen Moment hat Emma gezögert, vielleicht gibt es noch einen Ausweg, vielleicht erkennt Clarita sie nicht. Aber im gleichen Augenblick schaut Clarita sie forschend an, und dann ist das Wiedererkennen in ihrem Blick. Sie nimmt den Hut ab, ihr Haar löst sich, Rührung ergreift sie beide, es sind Momente außerhalb der Zeit.

Ihre Umarmung ist ein Zauberkreis aus Schmerz und Hoffnung, in den nichts und niemand eindringen kann. Clarita. Emma. Also auch Adam. Also auch Carl. Der Totengesang.

Carl, wo bist du, was waren deine letzten Gedanken, bevor man dich ermordet hat? Und Adam, eine dunkle Lücke in einem Leben, das einfach weitergeht, als wäre nichts geschehen.

Das Schiff schwankt ein wenig, Musiker nehmen ihre Plätze ein, dann dröhnt ein Gong, und alle begeben sich zu ihren Tischen. Bruno beobachtet sie beide aus diskretem Abstand. Noch nie hat er seine Frau Deutsch sprechen hören. Melodisch, eine vergessene Sprache, es klingt, als würde sie die andere Frau trösten, und genauso klingen die Worte aus deren Mund.

Er nähert sich ihnen vorsichtig, ganz kurz legt er Emma die Hand auf die Schulter.

»Ich setze mich zu DB, dann könnt ihr euch hier am Tisch weiter unterhalten, ich nehme meine Tischkarte mit.«

Emma nickt nur, sie lässt ihn gewähren, diesen lieben, aufmerksamen Schatten aus einer anderen Welt.

Clarita und sie sitzen auf Deck, bis die Nacht und die Kälte über das Schiff kommen. Sie essen kaum etwas, berühren einander, lächeln den anderen zu, nehmen all ihren Mut zusammen und erleben zwischen Phasen des Schweigens noch einmal die Ereignisse von damals. Zwei, drei, vier Stunden lang.

»Tagelang habe ich mich in Plötzensee in der Nähe des Gefängnisses herumgetrieben. Adriaan Wapenaar, den du auch kanntest, hatte mich eindringlich ermahnt, im Haus zu bleiben. Aber mir war es gleichgültig, ob man mich verhaften würde, ich ging das Risiko ein.

Ich sah die Mauern, hinter denen Carl eingesperrt war. Die meisten, die dort hingebracht wurden, kamen nur tot wieder heraus, wir haben das doch alle gewusst, Clarita. Wie konnten die Männer, die Carl aufgehängt haben, und später Adam, noch nach Hause gehen, wo haben sie ihre Hände versteckt, wie konnten sie ihre Frauen umarmen, ihre Kinder? Das musste doch ein Leben in einem tiefen schwarzen Loch sein.

Ich konnte nichts ausrichten, natürlich nicht, fünfmal haben sie mich weggeschickt, beim letzten Mal warnte mich jemand, ich würde meinem Mann nur schaden. Er käme ja doch nicht frei, aber vielleicht in ein Lager. Ganz kleine Dinge konnten da den Ausschlag geben, es war gefährlich, sie irgendwie zu verärgern, zum Beispiel als Niederländerin, die ihren Mann sehen wollte.

›Sie helfen ihm nicht, gehen Sie doch, Sie müssen abwarten, es könnte ja sein, dass er begnadigt wird.‹

Begnadigt? Da wusste ich, dass er verloren war. Niemand wurde begnadigt, Gnade war ein Begriff aus einer untergegangenen Welt. Das Jagen und Morden ging weiter, noch fanatischer als vorher.

Irgendwann kam ein Gefängnispfarrer heraus, ich erinnere mich noch genau an seinen Namen, Harald Poelchau. Er sagte mir, dass Carl nicht mehr lebte, und dass er tapfer gewesen war. Ich blieb einfach stehen, ich wartete.

Ich stand immer noch vor dem Gefängnistor, als die Leichen auf Lastwagen geladen wurden, ich hörte die Befehle, das Anspringen der Motoren, und dann fuhren sie weg, mit unbekanntem Ziel, auf der Ladefläche die Feinde des Reichs, und einer davon war Carl, ohne den ich nicht weiterleben wollte, nicht weiterkonnte. Bis zum Abend habe ich da gestanden, bis die Tommies kamen und der Fliegeralarm. Ich hatte keine Angst, am liebsten wäre ich so stehen geblieben, vor dem Tor, vor den Augen der Verbrecher. Ich hoffte geradezu auf Bomben, die diese Gebäude zerstören würden.«

Clarita nickte. Auch sie habe so etwas gehofft, und wenn der Volksgerichtshof während Adams Verhandlung zerstört worden wäre, alles wäre besser gewesen als Plötzensee.

»Von wem ist Adam verraten worden? Carl war so fest davon überzeugt, dass ihm nichts passieren konnte, er meinte, Adam habe alle Spuren verwischt, er kenne ihre Gegner doch wie kein anderer. Seine Freunde seien zuverlässig, es gebe keine Aufzeichnungen oder Briefe mit verdächtigem Inhalt. Was war der entscheidende Fehler?«

Das heisere Tuten des Schiffshorns folgt direkt auf die Frage, die Emma schon so lange mit sich herumträgt. Clarita wartet mit der Antwort, bis der Kapitän sein kleines Konzert beendet hat.

»Erst Jahre nach dem Krieg habe ich das herausgefunden. Adam hatte wirklich alle Verbindungen zum Widerstand gut getarnt, das stimmt. Man hatte nichts Konkretes gegen ihn in der Hand, obwohl er natürlich verdächtig war. Aber dann, in den letzten Wochen vor dem Attentat, hat Claus Stauffenberg ihn regelmäßig besucht, nicht im Ministerium, sondern bei uns zu Hause. Adam glaubte, nur Stauffenberg könne das Attentat ausführen, von dem er und seine Freunde seit Monaten, seit Jahren sprachen. An manchen Tagen in diesen Wochen haben die beiden zweimal miteinander gesprochen. Niemand wusste davon, auch die Gestapo nicht. Bis man sich das Fahrtenbuch von Stauffenbergs Chauffeur angesehen hat. Der hatte wie vorgeschrieben jede Fahrt notiert, jeden Besuch und wie lange er gedauert hatte. Verraten durch die Buchhaltung eines Chauffeurs. Ohne dieses Fahrtenbuch wäre Adam vielleicht davongekommen. Der Gedanke, dass so ein dummes Heft der einzige konkrete Beweis war, hat mich nie losgelassen. Es hat lange gedauert, bis ich diesem Fahrer verzeihen konnte.«

In einem der Säle wird getanzt, Emma zeigt auf Bruno, der sich mit einer Deutschen auf der kleinen Tanzfläche zwischen den Tischen dreht.

»Ist das dein neuer Mann?«

»Ja. Bist du mit jemandem zusammen?«

»Nein. Nach Adam wollte ich nicht mehr, es ging nicht, ich konnte keine anderen Hände ertragen.«

Hände: ein anderes Wort für das Leben mit einem Mann. Carls Hände bis zu ihrer letzten Nacht. Brunos Hände mit den Furchen und Rissen in den Fingernägeln, Vorboten des Verfalls. Hände, nicht Augen sind die Spiegel ihrer Seelen.

Langsam findet Emma in die Gegenwart zurück, Claritas Stimme in den Ohren, auch all das, was nicht gesagt wurde, nicht gesagt zu werden braucht. Die bewegten, stürmischen Jahre miteinander sind hier im Hamburger Hafen wiedergekehrt, aber ihr Schiff ist nicht untergegangen, langsam und ruhig legt es an, bleiches Mondlicht scheint auf die Gangway.

Emma und Bruno stehen noch an Deck und winken. Claritas Hand winkt zurück, aber Clarita schaut sich nicht mehr um, als sie zu einem Taxi geht und einsteigt. Wer den Hades verlässt, darf sich nicht nach dem Geliebten umdrehen. Sie waren im Hades und haben ihn lebend verlassen.

# 15

Judith, lebt Ihre Mutter noch?«

»O ja, zum Glück, sie ist noch jung, erst einundfünfzig.«

»Sehen Sie sich oft?«

»Jede Woche. Wir verstehen uns sehr gut, manchmal verreisen wir auch zusammen, wenn ihre Arbeit es zulässt.«

»Was ist Ihre Mutter von Beruf?«

»Sie ist kaufmännische Leiterin eines großen Architekturbüros. Die Architekten sind Künstler, die tolle Gebäude entwerfen, sagt meine Mutter, aber wenn sie nicht wäre, würde trotzdem alles den Bach hinuntergehen.«

»Und Ihr Vater?«

»Der ist vor zehn Jahren gestorben, ich habe ihn bis zuletzt mit gepflegt, meine Mutter hätte das allein nicht geschafft.«

»Sind Sie deshalb Krankenpflegerin geworden?«

Es kam keine Antwort. Emma verstand das und fragte nicht weiter. Jede Woche die Mutter sehen, zusammen verreisen, was für ein Luxus. In einer Urzeit war auch sie mit ihren Eltern gereist. Nach Brasilien, wohin ihr Vater versetzt worden war, ein Land, in dem es keinen Winter gab. Immer zusammen, immer Sonne. Die mythische Vorzeit, so stellte sie sich die Ewigkeit vor.

Danach war ihre Mutter aus ihrem Leben verschwunden. War Kate ihre Mutter? Manchmal hatte Emma daran gezweifelt, es gab so schrecklich wenig Gemeinsamkeiten, und ein Gefühl starker Zuneigung zu ihrer Mutter hatte sie bei sich nicht allzu oft entdeckt. Umgekehrt war es wohl genauso gewesen.

Kate und Oscar, ihre Eltern – in ihrem Gedächtnis suchte sie nach etwas Greifbarem aus der Zeit vor der Entfremdung. Wie waren sie gewesen?

»War Ihre Mutter bei Ihrem Vater, als er starb?«

Keine Antwort. Schwester Judith schlief, Emma hörte es an ihrem gleichmäßigen Atem. Jetzt war sie allein. Und wach. Sie wachte über dieses Kind.

»Emma!«

Die Stimme erkennt sie sofort, niemand spricht ihren Namen so energisch aus wie ihre Mutter. Diesmal gibt es auch einen Grund dafür, sie steht vor der Haustür und antwortet, als Emma über die Sprechanlage fragt, wer da sei.

»Deine Mutter, Emma!«

Typisch für sie, unangekündigt aus Afrika zurückgekehrt, gleich nach Rotterdam weitergereist, und nun muss Emma Kate mitteilen, dass ihr Mann gestorben ist. Eine Situation, an Seltsamkeit nicht zu übertreffen.

Sie rennt die Treppen hinunter, um sie unten in Empfang zu nehmen.

»Ich habe dich überall zu erreichen versucht, aber bei keiner Botschaft und bei keinem Konsulat kannte man deinen Aufenthaltsort. Wo um Gottes willen bist du gewesen?«

Ihre Mutter ist entsetzt, als sie von Oscars Tod erfährt, natürlich ist sie das. Sie weint, aber nicht lange, bald kommen die Fragen und ein paar ärgerliche Bemerkungen, weil sie die Beerdigung verpasst hat.

Vor zwei Monaten war sie in den Kongo abgereist, mit welchem Zweck, weiß Emma immer noch nicht.

»In dem Gebiet, in dem ich unterwegs war, gibt es keine Zeitungen und kein Telefon, ich wusste nichts von der Flutkatastrophe, von der habe ich erst auf der Rückreise gehört. Nein, du konntest mich wirklich nicht erreichen, aber hatte ich dir das nicht vorher geschrieben, du hast doch hoffentlich meinen Brief bekommen?«

Emma nimmt sich zusammen. Ja, ja, den habe sie erhalten. Sie fragt Kate, ob sie denn bei sich zu Hause in Barkston Gardens nicht ihre Nachrichten vorgefunden habe? Nein, da sei sie gar nicht gewesen, sie sei von Heathrow aus direkt in die Niederlande weitergeflogen, um mit Oscar zu sprechen.

»Was war so dringend, ihr habt euch doch nur noch sporadisch getroffen?«

»Schon ein bisschen öfter als sporadisch, mein Schatz. Ich brauchte seinen Rat, ich wollte ihn sehen, auch dich natürlich, und etwas mit ihm besprechen, was mich schon seit Jahren beschäftigt.«

Emma findet alles ziemlich vage, was ihre Mutter sagt. Nebulös und auch ein wenig deprimierend. Wenn sie es sich recht überlegt, ist ihr vieles im Leben ihrer Eltern ein Rätsel geblieben, auch dieses Ausweichende und zumindest äußerlich Kühle. Eltern als unergründliche Wesen, Menschen, die man zu kennen glaubt, die aber nicht selten in einer völlig anderen Wirklichkeit leben.

War es in ihrer eigenen Familie anders? Was würden ihre Söhne wohl später über Bruno und sie denken? Von Carl wussten sie gar nichts, selbst Bruno kannte ja nur ein paar oberflächliche Einzelheiten. Schicht auf Schicht auf Schicht: Vagheiten auf Gerüchte, auf Vermutungen und Spekulationen, auf Träume und unerfüllte Hoffnungen – Familiengeschichte, eine endlose Folge von nicht Gewusstem, hier und da ein Fetzen Wahrheit, eher zufällig entdeckt. Wenn jemand etwas Wichtiges erfährt und begreift, dann nur aus Versehen. Undurchsichtig bleibt das Vergangene, in ihrem eigenen Leben wie in dem ihrer Eltern. Nein, dunkel, nicht undurchsichtig, das ist zu negativ, zu verdächtig, es klingt nach Unehrlichkeit und Täuschung. Bei dunkel dagegen denkt man unwillkürlich an die Möglichkeit, dass irgendwann doch alles Wesentliche ans Licht kommt.

»Was denn, was ist es, das dich seit Jahren so beschäftigt?«

Sie glaubt die Antwort schon zu kennen.

»Immer noch Barbarossa?«

Das Messer im Rücken ihrer Familie. Unternehmen Barbarossa, das stand für die endgültige Entfremdung zwischen ihrem Vater und ihrer Mutter.

# 16

Russen.«
Im Abteil ist es dunkel, draußen dämmert es, auch diesen Augusttag lang sind sie gefahren, das heißt, die meiste Zeit hat der Zug unterwegs gestanden. Mehr als achtundvierzig Stunden in überfüllten Zügen, Richtung Stuttgart, Baden-Baden, in den Schwarzwald. Flucht aus Berlin. Viele Kinder mit Müttern, ohne Väter, viele alte Leute, ein paar Soldaten. Fast niemand spricht.

»Russen«, sagt jemand in das Schweigen hinein, tonlos, resigniert. Wer am Fenster sitzt, ans Fenster gequetscht, schaut über die Gleise zur anderen Seite des Bahnhofs hinüber, auf dem der Zug jetzt schon seit drei Stunden warten muss. Dort drängen sich Männer in schmutzigen dunklen Mänteln zusammen, im Halbkreis wie Kühe bei einem Unwetter, schweigend, die Gesichter dem Zug zugewandt. Ein paar Soldaten mit Gewehren bewachen sie, der Rest des Bahnsteigs ist leer.

Emma sitzt am Fenster, aber sie schließt die Augen. Carl hat ihr vor einiger Zeit gesagt, dass die russischen Kriegsgefangenen inzwischen von einem Lager ins nächste verfrachtet und beim geringsten Anlass, oder auch ohne, erschossen werden. Seit dem Überfall auf Russland haben sie so oft über den Krieg im Osten gesprochen. Wenige Wochen vor Barbarossa hatte Carl von Adam erfahren, wann der Angriff beginnen würde, sie hatten davon gewusst und ihr Wissen nicht genutzt. Das Geheimnis umfasste zu vieles, die Vorbereitungen hätten sie ohnehin nicht sabotieren können, und wie hätten sie die Russen warnen sollen? Emma hat immerhin ihren Vater informiert und später Wapenaar.

Eingeklemmt zwischen der Abteilwand, einer beleibten alten Frau neben ihr und einer weiteren gegenüber, erinnert sie sich widerwillig an ihre Fahrt nach Genf, zusammen mit Carl und Adam, vor mehr als drei Jahren. Sie hatte sich mit ihrem Vater verabredet, der damals in Bern wohnte. Genf, ein neutrales, gleichgültiges Paradies, wohlhabende Müßiggänger in den Ladenstraßen und auf dem Boulevard am See, Segelboote. Beschämt denkt sie daran zurück.

Doch angesichts von Carls Tod werden die alten Schrecken bedeutungslos. Nicht einmal Reue oder Schmerz empfindet sie in dem stickig-heißen Zugabteil. Vergessen sind auch die Enttäuschung über ihren Vater, ihre Wut auf diesen ungreifbaren Mann, der bei Nacht und Nebel Flüchtlingen über die französisch-schweizerische Grenze half und tagsüber den braven Diplomaten spielte.

Alles war so gelaufen wie geplant, die Russen waren überrumpelt worden, die Wehrmacht siegte auf ganzer Linie, bis Stalingrad, bis dahin. Seither ging es zurück, in den letzten Monaten immer schneller, zurück auf verbrannter Erde.

Die alte Frau neben ihr stößt sie an und zeigt nach draußen. Aber Emma will nichts sehen und hören, die Männer auf dem Bahnsteig dort hinten sollten nicht so schamlos angestarrt werden. Deshalb sieht sie den jungen Mann nicht fallen, sie schließt wieder die Augen und presst sich die Hände auf die Ohren, so dass sie den Schuss kaum hört. Nichts kommt noch wirklich an sie heran, nichts, was auf dieser Reise geschieht oder in diesem Krieg.

»Wie der den Russen abgeknallt hat«, sagt ihre Nachbarin mit der ruhigen Stimme einer abgebrühten Beobachterin, die schon viele Menschen tot zusammenbrechen sah.

# 17

Zwölf Jahre ist es jetzt her, Emma, und hast du in dieser Zeit auch nur einen einzigen Tag nicht daran gedacht? Ich war davon überzeugt, dass dein Vater die Nachricht weitergegeben hätte, schließlich war er extra dafür nach London geflogen. Und wie sich später gezeigt hat, waren die Informationen von Trott und Carl völlig richtig. Aber er hat es nicht getan, und das hat uns endgültig auseinander gebracht. Es war eben nicht nur diese Lara, die zwischen uns stand.«

»Lara? Wer ist das? Papa hat nie eine Lara erwähnt.«

Eine andere Frau. Also doch.

Wie lange hatte das gedauert? Ihre Mutter erwähnt es wie nebenbei, als wäre es allgemein bekannt und längst abgehakt. Das ist es ja in gewisser Weise, ihr Vater ist tot, und sie hat an seinem Grab über ihn gesprochen, obwohl sie offenbar nicht allzu viel über ihn wusste. Am liebsten würde sie dieser Lara einen Tritt geben. Ihrer Mutter allerdings auch.

»Hat dein Vater dir diese Affäre verschwiegen? Ich dachte, er hätte niemandem mehr vertraut als dir.«

»Er hat sie nie auch nur mit einem einzigen Wort erwähnt, aber so etwas erzählt man einer Tochter auch nicht.«

Kate lacht auf, das Gespräch nimmt eine Wendung, die ihr etwas unangenehm ist, Emma sieht es ihr an.

Ihre Mutter scheint innerlich auf dem Kriegspfad zu sein, plötzlich fühlt sie sich frei, über Dinge zu sprechen, die ein anderes Licht auf ihren Mann werfen, ein weniger helles, so dass man auch die dunklen Stellen sieht, die unbekannten Seiten des Oscar Verschuur.

Warum auf einmal diese Offenheit nach so vielen Jahren des Schweigens, liegt es am Erschrecken über Oscars Tod? Dass sie zwei Wochen nach der Beerdigung ihres Vaters so mit ihrer Mutter sprechen muss – Emma hat das Gefühl, sich selbst und Oscar verteidigen zu müssen, als würden sie beide zur Rechenschaft gezogen.

Und doch, vielleicht wird sie ihre Mutter irgendwann einmal besser verstehen, eine Frau, die ihren eigenen Weg geht, eine tapfere, einsame Kämpferin gegen das Unrecht, wo immer sie ihm begegnet.

Für Emma hat die albtraumhafte Barbarossa-Episode im Lauf der Jahre an Bedeutung verloren, die Erinnerung an ihre eigene Rolle ist verblasst, aber im Leben ihrer Eltern sind diese Ereignisse anscheinend ein entscheidender Einschnitt gewesen.

Die einzige Realität ist die eigene Vergangenheit.

Welcher Schwarzseher hatte das noch behauptet? Emma wusste es nicht mehr, aber sie musste zugeben, dass es stimmte. In dieser totenstillen Nacht war ihr Leben nur noch Erinnerung, ihr Gedächtnis klar und flüssig wie Wasser. Es bedeckte ein unendlich großes Gebiet, in dem sie geborgen war.

Ihr Bett, die Glocke, die leicht gebauschten Vorhänge vor dem gekippten Fenster, die schlafende Judith, die unsichtbaren Gegenstände im Zimmer, die sie so lange gehegt und gepflegt hatte, Brunos Foto auf dem Nachttisch.

Sie war eine Eintagsfliege auf ihrem letzten Flug.

Und Oscar Verschuur und Kate Dudok waren zum Greifen nah.

Gespräche mit ihrer Mutter balancierten fast immer am Rand des Streits. Selten sprachen sie die gleiche Sprache, selten verstand die eine, was die andere sagen wollte. Was wussten sie überhaupt voneinander, und hatte ihre Mutter sich das je gefragt?

Im Jahr 1939 war Kate nach London gezogen, Oscar und sie rechneten mit Krieg und kauften eine Wohnung in einem Teil der Stadt, der im Fall von Luftangriffen wohl relativ sicher sein würde. Oscar war nach Bern versetzt worden, und Kate fand Arbeit in einem Londoner Krankenhaus. Sie lebte einfach von Tag zu Tag, ohne Pläne, ohne Oscar.

Ihr Nomadenleben, das Kate nach dem Krieg fortsetzte, verhinderte jede Annäherung. Für Michael und Thomas war ihre Großmutter fast eine Figur aus einer Geschichte, sie begegneten ihr höchstens ein- oder zweimal im Jahr, eher zufällig sozusagen.

Kate reiste hauptsächlich nach Afrika, wo sie zahlreiche Menschen kannte und unterstützte. Ihre Briefe, wenn sie einmal welche schrieb, kamen aus Élisabethville, Kongo, wo sie immer im selben Haus wohnte – nach der Adresse auf den Umschlägen zu urteilen.

Auf einem Foto, das sie einmal von dort geschickt hatte, waren außer ihr ein unbekannter Mann mit einer unbekannten Frau und drei unbekannten Kindern zu sehen. Eines der Kinder saß auf Kates Schoß, der schwarze Mann trug einen Hut, die Frau lächelte, die Kinder schauten Kate an. Schwarze Idylle mit weißer Frau, eine Szene aus Kate Verschuurs geheimnisvollem Leben. Sonderbare Signale aus einer sonderbaren Welt, die bei Emma Unbehagen auslösten, weshalb sie das Foto gleich in einem Karton verschwinden ließ. Es übermittelte eine verschlüsselte Nachricht, die sie lieber nicht dekodieren wollte. Und sie empfand ein wenig Eifersucht, man konnte sehen, dass ihre Mutter die Kinder auf dem Foto besser kannte als ihre eigenen Enkel.

# 18

Weißt du, wo ich war, als dein Vater starb?«
Irgendwann Jahre später hatte Kate es natürlich doch erzählt, obwohl Emma nie mehr danach gefragt hatte. Jetzt lag ihre Geschichte auf dem Grund ihres Gedächtnisses, eine Geschichte, in der ihre Mutter mehr von sich preisgegeben hatte als je zuvor. Diese Nacht brachte alles zurück.

Kate war mit einem gewissen Matteous den Kongo hinuntergereist, tausend Meilen in Richtung Norden. Matteous Tunga wollte noch einmal jene Gegend im Busch sehen, aus der er stammte, und der Marschroute folgen, die er als Soldat zurückgelegt hatte, eingezogen zu einer Armee, die Abessinien von den italienischen Besatzern befreien sollte. Lange, bevor sie auch nur die Grenzen dieses Landes erreicht hätten, war seine Einheit in einen Hinterhalt geraten. Einer der Offiziere war schwer verwundet worden, Matteous hatte ihn aufgehoben und fortgetragen und war dabei selbst in den Rücken geschossen worden.

Nach langem Suchen hatten Kate und er den Ort der Katastrophe tatsächlich gefunden. Vielleicht war es aber auch der Ort eines Neubeginns. Durch diese Reise in die Vergangenheit habe Matteous mit allem, was mit dem Krieg zusammenhing, abschließen wollen, meinte Kate; auch mit seiner Abneigung gegen die belgischen Offiziere, die schwarze Bataillone befehligten und gegen die italienische Armee in Äthiopien aufmarschieren ließen. Er war als schwer Verwundeter nach London transportiert worden, um dort von einem Freund des geretteten Belgiers operiert zu werden, einem Chirurgen im Richmond Royal Hospital, in dem Kate arbeitete. Sie hatte sich dort um ihn gekümmert, auch später, nach seiner Entlassung.

Mitten im Krieg hatte Matteous sich entschlossen, in den Kongo zurückzukehren, es war eine Suche nach einem gestohlenen Leben. Seine Ersatzmutter Kate hatte nicht damit gerechnet, ihn je wiederzusehen, denn schon die Reise war riskant genug. Trotzdem hatte sie ihm zwanzig adressierte Postkarten mitgegeben. Und wirklich fand sie in den nächsten fünf Jahren alle paar Monate eine von diesen Karten in ihrem Briefkasten, mit seinem Namen in schwer lesbaren Krakeln und dazu jedes Mal mehr englische Wörter, phonetisch geschrieben.

Kate kannte seine Nachrichten auswendig. Sie hatte ihre Bestimmung gefunden: Afrika.

»Wie meinst du das, ›Afrika‹?«

In jeder Silbe, die Emma ausspricht, schwingt Ärger mit.

»Wir haben Afrika aus dem Blick verloren, und das müssen wir ändern, Afrika braucht unsere Hilfe«, lautet die schlichte Antwort.

Das heißt, eigentlich sind es eher hohle Phrasen, und doch empfindet Emma plötzlich Rührung. Ihre Mutter, der kleine Bulldozer, zieht also wieder in den Kampf. Fünf Jahre lang hat sie in einer Stadt gewohnt, die ständig Ziel von Luftangriffen war, und kaum ist der Frieden ausgebrochen, sucht sie nach einer anderen Front. Ihrem Mann hat sie so viel Freiheit gelassen wie möglich, wenn sie auch verheiratet bleiben – vielleicht wegen dem, was einmal gewesen ist, vielleicht gibt ihnen die vergangene Liebe ein undefinierbares Gefühl des Trostes.

»Was ist das für ein Mann, dieser Matteous? Warum hast du ihn begleitet?«

Kate kann das kaum erklären. Es war ein Wiedersehen nach elf Jahren, in denen kein Tag ohne Gedanken an ihn vergangen war. Er hatte alles gründlich vorbereitet, er ließ ihr keine Wahl. Seine Frau und seine Kinder wussten genau, wer sie war, als sie dann endlich kam, und dass sie zusammen diese Reise unternehmen würden. Ins Landesinnere, in die gefürchtete Vergangenheit.

»Er musste es tun, wirklich verstanden habe ich es auch nicht. Warum an einen Ort zurückkehren, an dem man fast umgebracht worden ist. Aber er war fest entschlossen, und ich sollte unbedingt mit. Er hatte günstig einen alten Armeejeep gekauft, es war eine Katze auf

Rädern, wir sprangen von einem Loch zum nächsten. Ohne so ein Fahrzeug ist man dort aufgeschmissen. Als wir nach einer Woche endlich die Stelle fanden, wehte ein stürmischer, heißer Wind, als würde in der Nähe ein Buschfeuer wüten. Es war noch nicht weit vom Kongo entfernt, man sah hier und da Gesträuch und Baumgruppen auf einem sonst kahlen Streifen Land, und dahinter den Dschungel, wie ein Wall. Matteous schaute sich um, äußerlich gelassen, aber auch irgendwie abwesend, er war da und zugleich nicht da. Dann zeigte er mir, aus welcher Richtung seine Einheit gekommen war, so genau, als wäre es gestern gewesen, als würden seine Kameraden jetzt noch irgendwo unter den Bäumen Rast machen.

Und er erzählte noch einmal, was an dem Nachmittag Anfang 1941 passiert war. Die Sonne stand schon tief, sie hatten nach einem Platz zum Übernachten gesucht, als plötzlich aus verschiedenen Richtungen auf sie geschossen wurde.

Während er das erzählte, schaute er mich nicht an. Aus allem, was er sagte, sprachen Wehmut und tiefe Trauer, um seine toten Kameraden, um alles, was er verloren hatte. Er sprach dann auch wieder von seiner Mutter. Er hatte sie als Siebenjähriger zum letzten Mal gesehen, als sein Dorf von unbekannten Banditen, die sich »Freiheitskämpfer« nannten, überfallen worden war, sie hatten seinen Vater erschlagen und seine Mutter entführt.

›Miss Kate‹ – er nennt mich immer noch Miss Kate –

›als ich den Offizier in Sicherheit gebracht hatte, da hinten im Wald, bin ich zusammengebrochen. Als ich auf dem Boden lag, hoffte ich, dass ich einschlafen und nie mehr aufwachen würde. Ich wollte zu meiner Mutter gehen. Aber man hat mich gerettet, man hat mich um die halbe Welt transportiert, und als ich dann doch aufgewacht bin, sind Sie an mein Bett gekommen. Ohne Sie wäre ich nicht hier und hätte ich auch keine Frau und keine Kinder. Wollen Sie die Großmutter meiner Kinder sein?‹«

Emma hört ihrer Mutter zu, still, mit einer Hochachtung, die sie noch nie empfunden hat. Also deshalb sieht Kate auf dem versteckten Foto so aus, als ob sie Teil der Familie wäre: Sie ist es. Matteous hat seine Ersatzmutter in den Kongo geholt, weil er sie bitten wollte, eine Oma für seine Kinder zu werden. Eine etwas umständliche Art, eine afrikanische, irgendwie magische vielleicht, aber vielleicht auch das psychologisch einzig Richtige: zusammen gegen den Lauf der Zeit zu reisen und dann die Frage zu stellen, die zu Hause unpassend gewesen wäre.

»Wir sind aus dem Jeep gestiegen und auf den Dschungel zugegangen, wo der Wind nicht so stark war, und noch ein Stück hinein, wo man den Sturm nur noch von hoch oben über den Wipfeln hörte. Dort sagte er, die Männer, die auf sie geschossen haben, hätten wahrscheinlich zu derselben Bande gehört, die viele Jahre vorher sein Dorf überfallen hatte. Als ihm das klar geworden sei, habe er sich zum ersten Mal eingestanden, dass seine Mutter wohl nicht mehr am Leben sein würde. Nach dem Krieg habe sich das bestätigt. Im Kongo ist das Gerücht schnell, aber die Wahrheit langsam.«

Ich habe Matteous nie kennengelernt, dachte Emma. Dabei war er ein Teil des Lebens ihrer Mutter, und damit doch auch ihres eigenen.

Ob er wohl noch lebte, bei seinen Kindern und Enkeln? Wie alt wäre er dann? Ach nein, wahrscheinlich war er längst tot, in Afrika wurden die meisten Menschen nicht alt, und sie selbst war ja sechsundneunzig. Noch ein Tag, vielleicht noch ein paar.

# 19

Die Welt ist alt, nicht du.«

Ein vom Winde verwehter Satz, wo kam er her, wer hatte das gesagt, Bruno?

Carl. Ihr Geburtstag in Berlin, neunundzwanzig war sie geworden und hatte Carl gefragt, ob er sie alt fände. Neunundzwanzig, unglaublich, einmal so jung gewesen zu sein, es war ein entscheidendes Jahr in einem aufregenden, aufgeregten Leben. In einer Welt, deren Ende jeden Moment kommen konnte.

Berlin 1941. Geburtstag feiern in einem braven, wohlhabenden Stadtrandbezirk, tanzen zu verbotener Musik, beschwipst von billigem Wein und hoffnungsvollen Worten.

Die Zeit war durchsichtig geworden. Judith schlief ruhig weiter, nach all den halb wachend verbrachten Nächten konnte sie in dieser letzten Nacht die Augen nicht mehr offen halten.

»Simon, schläfst du? Vermochtest du nicht, eine Stunde zu wachen?«

Wieder so ein aus dem Nichts angewehter Satz. Von Jesus in Gethsemane, dem Helden von Louis, mit dem sie ein Jahr lang über Glauben und Unglauben diskutiert hatte. Bis sie sich in seinen Armen wiederfand. Louis Terpstra, für eine Weile ihre Zuflucht. Was war in sie gefahren, es so weit kommen zu lassen? Was hatte er in ihr gesehen, und was um Himmels Willen sie in ihm?

Louis war alle vierzehn Tage nach Rotterdam gekommen, er gab dort Kurse über Philosophie, Theologie und Lyrik. Ein Mann mit Kreppsohlen, Zigarrenasche auf dem Revers, einer Haarwelle, einem fast ausgebleichten Regenmantel, aber mit einer Stimme, die überzeugte.

Seine Verliebtheit wurde ihr auf die Dauer unangenehm, aber bis dahin hatte er erfolgreich Missionsarbeit geleistet. Denn Emmas Faszination für Christus war geblieben, auch als sie Louis nicht mehr sehen wollte. »Ich glaube; hilf meinem Unglauben« – die Psalmen, das Hohelied, die Gleichnisse, die Wunderberichte, all die tödlich ernsten Worte hatten einen Klang, der sie anzog.

In dieser Nacht kam ihr alles ganz nah. Verse, ganze Abschnitte aus Büchern, die sie gelesen hatte, fiktive Charakter, die ihr oft vertrauter waren als ihre Freunde. Eigenartig, dass die schemenhaften Fantasiegestalten eines Schriftstellers einem beinahe physisch nah sein konnten. Und das galt auch für Jesus den Nazarener, den dreiunddreißigjährigen Mann aus Palästina, in dem Louis seinen Lehrmeister sah, und lange Zeit auch sie.

Bruno hielt Jesus für eine faszinierende Ausnahmegestalt, aber er war für ihn nicht das Alpha und Omega. Emma hatte noch wortwörtlich im Ohr, was Bruno an einem Sonntagvormittag bei der Rückkehr vom Gottesdienst gesagt hatte. Damals waren Michael und Thomas noch klein, sie war an diesem Tag nicht mit in die Kirche gegangen.

Die Pfarrerin – es war eine freisinnige Gemeinde, in der häufiger aus der Weltliteratur als aus der Bibel zitiert wurde, und wo es schon damals selbstverständlich war, dass Frauen auf der Kanzel standen –, die Pfarrerin hatte über die Erzählung vom reichen Jüngling gesprochen. Der hatte alle Gebote gehalten, aber Jesus verlangte von ihm, seinen gesamten Besitz zu verkaufen, den Erlös den Armen zu geben und ihm zu folgen. Doch das brachte er nicht über sich, »und er ging traurig davon«. Dieser Satz ärgerte Bruno sehr.

»Das war grausam, ihn so ziehen zu lassen, abgesehen von der kaum erfüllbaren Forderung, sich von allem Besitz zu trennen, lässt er ihn traurig davon gehen, obwohl er ein besserer Mensch war als die meisten anderen. Wie konnte er das tun!«

Emma hatte fröhlich ergänzt, es gebe ja auch den bekannten Ausspruch von Jesus gleich im Anschluss an diese Szene: »Es ist leichter, dass ein Kamel durch ein Nadelöhr gehe, als dass ein Reicher ins Reich Gottes komme.«

Es war in der Zeit, als Brunos Einkünfte sich deutlich erhöht hatten, er war Vorstandsmitglied in der Firma von Chris geworden. Der Wohlstand winkte, zumindest waren die Jahre der Knappheit endgültig vorbei und das Reich Gottes noch in sicherem Abstand.

Chris Dudoks Unternehmen florierte. Emma und Bruno profitierten mit von dem Erfolg, besonders später, als Emma von ihrer Mutter Anteile erbte, deren Wert von Jahr zu Jahr stieg. Erst als ihre Mutter gestorben war, genau siebzehn Jahre nach Oscar, wurde Emma klar, wovon Kate ständig nach Afrika reisen und dort alle möglichen Leute finanziell unterstützen konnte: Sie war reich gewesen. Die Dudoks hatten schon seit einem Jahrhundert Kapital auf Kapital gehäuft, sie waren »Rentiers« der ersten Stunde und außerdem Unternehmer. Emma hatte sich nie gefragt, woher das Geld für die Londoner Wohnung ihrer Mutter und die ihres Vaters in der Schweiz stammte, ganz zu schweigen von der riesigen Villa ihrer Großeltern in Leeuwarden. Sie hatte auch ihre Eltern nie danach gefragt, Geld interessierte sie einfach nicht.

Das war gut so, denn in ihrer Straße waren alle gleich, sie hatten alle gleich viele Zimmer, einen Balkon, einen offenen Kamin, einen Kellerverschlag, einen Fahrradabstellplatz. Reichtum zählte nicht. Allerdings wurden die Autos am Straßenrand immer größer, und die Fahrräder hatten mehr Gänge.

Irgendwann war es dann so weit, dass die Straßen-Veteranen in frei stehende Häuser mit Garten umzogen, in der Welt da draußen. Einer nach dem anderen zog fort, bis zum Schluss nur Bruno und Emma übrig blieben und Bruno der Einzige war, der die Besatzungszeit hier erlebt hatte. Die Straße war für ihre Bewohner fast so etwas wie eine Festung gewesen, so hatten sie es empfunden, ein sicherer Unterschlupf. Sie waren nicht nur Nachbarn, sondern Freunde, passten gegenseitig auf ihre Kinder auf, luden sich zum Essen ein, verliebten sich ineinander, versteckten sich beieinander, wenn die Moffen eine Razzia veranstalteten, verteilten brüderlich und schwesterlich die Essensrationen, die 1945 aus der Luft auf ihre Flachdächer hinabschwebten, veranstalteten zusammen Feste, feierten Kindergeburtstage und Koninginnedag. Diese Straße und ihr Leben gehörten zusammen, das schien sich nie zu ändern. Tat es dann aber doch.

Emma war die Letzte. Sehr viel hatte sich in ihrer Wohnung eigentlich gar nicht verändert, seit sie zum ersten Mal hier zu Besuch gewesen war und Maarten um die Sichtblende herum auf ihren Balkon gespäht und »Willkommen, Emma!« gesagt hatte. Maarten und Maria, ihre Nachbarn und besten Freunde, eine Viereinigkeit bis zum Tod. Zuerst Bruno, danach Maarten, dann Maria und sehr bald sie selbst.

Judith schlief fest, wie Kinder es tun. Das war schön, Emma lauschte gern ihren Atemzügen, der Begleitung zu all ihren Gedanken, und den Pausen dazwischen. Von der schlafenden jungen Frau ging eine große Ruhe aus.

# 20

Die Vorstandssitzungen fanden immer in einem Saal im Obergeschoss des Klubs statt. An diesem Tag ergab es sich, das Bruno entgegen seiner Gewohnheit viel früher als nötig eintraf, aber das machte nichts, er genoss die abgeklärte Stille der leeren Klubräume. Gardinen filterten das Sonnenlicht, das durch die hohen Fenster hereinfiel, Bridgetische standen für einen wohl niemals endenden Wettkampf bereit, der Lesetisch glänzte, außer dem Barkeeper war niemand da. Die Sitzung begann erst in einer Stunde.

Meester, wie der Barkeeper genannt wurde, brachte ihm Tee.

»Herr Dudok ist schon oben, Herr Verweij.«

Bruno erhob sich sofort, nahm seine Tasse und ging die Treppe hinauf. Genau so hatte er es später Emma erzählt, die seinen Bericht blass und starr anhörte.

»So ein Zufall, dass du …« Dann kein Wort mehr.

Bruno, in der Tür, die Klinke in der Hand, sieht Chris an dem langen Konferenztisch sitzen, den Kopf gesenkt, die Hände vor den Augen, er hat den Mantel noch an, den Hut nicht abgesetzt. Er weint fast unhörbar. Chris, der Mann, für den die Bügelfalte erfunden worden ist, wie Bruno und Emma unter sich manchmal sagen, der nie viel von sich preisgibt und vor allem nicht seine Gefühle zeigt, sitzt dort ganz in sich selbst versunken, offenbar von einem großen Schmerz überwältigt. Er schreckt auf, als ihm bewusst wird, dass ihn jemand beobachtet.

»Bruno!«

Mit ein paar Schritten ist Bruno bei ihm, fasst ihn an den Schultern.

»Sie lebt nicht mehr. Sie ist bei dem Bombenangriff damals ums Leben gekommen. Ich hatte es immer befürchtet, wusste es aber nicht. Jetzt weiß ich es. Sie ist nicht mehr. Ich wollte, ich wäre nicht mehr.«

Bruno hört ihm zu, stellt keine Fragen, obwohl er nicht weiß, von wem Chris spricht. Er belässt es bei der freundschaftlichen Berührung, bis Chris seine ganze Geschichte erzählt hat. Irgendwann sind seine Tränen versiegt.

Auch Emma hatte Bruno nicht ein einziges Mal unterbrochen. Als ob ihr früheres Leben gespiegelt wurde, erkannte sie in Chris' Geschichte ihre eigene.

Chris war dieser Frau vor dem Krieg in Lübeck begegnet, wo er ein Jahr lang gearbeitet hatte. Julia hieß sie, eine Deutsche. Alles, was er bis dahin für wahr und möglich gehalten hatte, war von ihr infrage gestellt worden; das eine Jahr, in dem er mit ihr zusammen sein und sie lieben durfte, hatte ihn umgekrempelt. Er wollte frei sein von alten Verpflichtungen, nicht nach Hause zurückkehren, nur mit Julia zusammensein, und er tat alles, um sie zum Verlassen des verfluchten, zum Bösen verdammten Landes zu bewegen. Vergeblich.

»Sie war eine Gegnerin der Nazis, Bruno, und sie leistete Widerstand auf ihre eigene, stille Weise. Eine innerlich so vollkommen unabhängige Persönlichkeit mit sehr klaren Überzeugungen. Ihr Bruder wurde verhaftet und in ein KZ gesteckt, aber was dann für mich alles veränderte, war die Kristallnacht. Julia drängte mich, so schnell wie möglich das Land zu verlassen, sie sagte, ich brächte sie in Gefahr, wenn ich dableiben würde. Mitkommen wollte sie nicht, sie wollte noch ein paar Freunden helfen und versuchen, ihren Bruder freizubekommen. Sie war fest entschlossen. Sie liebte mich auch, sagte sie, aber sie ließ sich nicht umstimmen. Sie versprach, mir irgendwann zu folgen. Ich bin abgereist, ich war so feige, das zu tun. Nie wieder bin ich irgendwo zu Hause gewesen.«

Plötzlich hatte sich Emma an die seltsame Reaktion von Chris erinnert, als er ihr nach ihrer Rückkehr aus Deutschland die Tür geöffnet hatte. Einen Moment hatte er Julia gesehen, so musste es gewesen sein.

»Mein Gott, Emma! Einen Augenblick dachte ich …«

Julia. Carl. Beide Deutsche, beide einem unbekannten Gott treu oder der fest verankerten Vorstellung, dass man einen Freund oder einen Bruder oder ein Land nicht im Stich lässt. Lieber der Tod als Verrat an sich selbst. Emma kannte sie so gut, diesen tiefen Ernst, den stählernen Mut, die nicht einmal durch Liebe zu beirrende Moral.

Chris sollte sich schließlich noch zwanzig Jahre damit herumschlagen, mit seinen Erinnerungen an Julia, seiner Reue, der Scham über sein Versagen. Emma und Chris waren so etwas wie Geschwister geworden und glaubten irgendwann fast, es tatsächlich zu sein. Chris nannte Emma »Schwesterchen« und sie ihn »Bruder Chris«. Cousin und Cousine, Bruder und Schwester, was spielte das für eine Rolle, ihre harmlose Fantasie entsprang und entsprach dem Gefühl enger Verwandtschaft. Sonderbare Verbündete waren sie, wenn man es sich recht überlegte: der Zyniker und die Gottsucherin, der kinderlose Erzpessimist und die überzeugte Mutter zweier Kinder.

Denn das war sie. Von dem Augenblick an, als Michael zur Welt kam, tat sie nichts lieber als bei ihm zu sein, ihn zu betrachten, ihn herumzutragen, mit ihm zu spielen und ihn durch ihre kleine Welt zu bewegen, im Kinderwagen, auf einem Schlitten, vor sich auf dem Fahrrad, mit der Straßenbahn ins Stadtzentrum und schnell wieder nach Hause. *Wer sein Haus verlässt, mit dem ist es aus.*

Emma war ausschließlich und ganz Mutter und schaute nicht zurück. Ihren zweiten Sohn Thomas, der ein Jahr nach Michael kam, bemutterte sie womöglich noch mehr. Niemand brauchte zu wissen, was in dem

Land, aus dem sie kam, geschehen war. Leben wollte sie, Kinder bekommen, furchtlos lieben.

All das hatte sie getan, und hier war sie nun, erschöpft, und hatte noch diese Nacht.

## 21

Sein Selbstmord ist ein gewaltiger Schock.

Am Tag vor Chris' Beerdigung betritt Emma sein großes, schweigendes Haus und setzt sich an das Fenster mit Aussicht auf den Weiher. Wie oft haben sie dort gesessen, Chris am einen, sie am anderen Ende des langen Tischs.

Mit keinem Wort hat er verraten, was in ihm vorging, Emma konnte allenfalls erahnen, dass er unter einem Gefühl der Leere litt, unter der Einsamkeit, dass er immer stärkeren Widerwillen empfand gegen eine als seelenlos empfundene Existenz. Sicher, sie ist immer sein »Schwesterchen« geblieben. Das unverbesserlich optimistische Muttertier, eine Frau, die zur Kirche geht, Gedichte liest, sich in der Bibel auskennt, lieb, aber naiv. In sein kaltes, sinnleeres Universum kam sie letztlich doch nicht hinein.

»Ich wollte, ich wäre nicht mehr. Nie wieder bin ich irgendwo zu Hause gewesen«, diese beiden Sätze hallen in ihr nach. Sätze, die sie nicht vergessen hat. Eine Ankündigung? Eine versteckte Drohung?

Wie sie immer befürchtet, sich aber nie eingestanden hat, eine Prophezeiung seines Endes. Die sich nun erfüllt hat. Van Dijk, rechte wie linke Hand von Chris, sein Chauffeur, der auch für ihn kochte und einkaufte, van Dijk hat sie angerufen und ihr das Unbegreifliche mitgeteilt. Alles drehte sich, sie musste sich hinsetzen, stellte das Telefon auf den Schoß. Dieses tückische, elegante Instrument, Heils- und Unheilsbote.

»Ich wollte Ihnen sagen … Gott sei Dank, dass ich Sie erreiche … Leider ist … Erschrecken Sie nicht …«

Carl, Rob, Oscar, Kate, Bruno, und jetzt Chris: zerstoben während eines Telefongesprächs. Dieses Klingeln, das irgendwann bei jedem ertönt, oder wegen jedem, die Nachricht, gesprochen von einer gebrochenen oder beherrschten Stimme.

Halb vier ist es in Chris' Totenhaus, in dem Emma am Tisch sitzt. In der Schule bei ihrer Wohnung endet jetzt die letzte Stunde, meistens weht das Läuten bei ihr durch einen Fensterspalt herein. Sie kennt das Schauspiel so gut, mit Rucksäcken bepackte Jungen und Mädchen, die rempelnd herausgestürmt kommen, dann die Horden von Rad- und Mopedfahrern. Es tut ihr jedes Mal gut. Die Welt kann untergehen, überall Katastrophen, aber nach der letzten Schulstunde herrscht immer wieder diese Sorglosigkeit, fast wie die von Neugeborenen. Kinder, die ein Schulgebäude verlassen: ein Ausbruch von Glück. Frei! Hundertmal, tausendmal hat Emma die Szenen beobachtet und das Rufen und Lachen gehört, sie öffnet dann eines der Fenster weit, um es hereinzulassen.

Eine Uhr im Flur schlägt viermal. Eine kleinere auf

der Fensterbank tut es ihr gleich darauf nach. Auch ohne den Bewohner des Hauses geht alles den gewohnten Gang, der Kühlschrank brummt, Uhren ticken, das Barometer misst den Luftdruck, der Rasensprenger schaltet sich bei Trockenheit automatisch ein, die Außenlampen, wenn es dunkel wird, im Sicherungskasten summen die Zähler.

Emma spürt, wie das Haus sich unhörbar bewegt, ein- und ausatmet, nicht anders als jeden Tag. Chris ist in einem Nebengebäude des Krematoriums aufgebahrt. Van Dijk hat das Grundstück gemieden, seit er seinen Chef tot im Arbeitszimmer aufgefunden hat. Sie hat den Schlüssel bei ihm abgeholt, und nun sitzt sie hier. Wie um Himmels willen kann man sich von einer so vollkommenen Aussicht für immer verabschieden wollen. Ein Rasen vor einem alten Weiher, Baumgruppen mit spielenden Eichhörnchen. Teichhühner im Fluglauf zwischen den Seerosenblättern, hin und wieder ein Fisch, der an die Oberfläche kommt. Krähen hoch am Himmel, Rhododendren, eine Sonnenuhr, eine Terrasse mit Korbstühlen, im Gras noch Drahtbügel eines Krocketspiels, der Fahnenmast, ein Apfelbaum. Eine Kuppel aus Stille. Hier wohnt ein Erbe des Paradieses.

Oder vielmehr nicht. All das hat am Ende offensichtlich gar keinen Eindruck mehr auf ihn gemacht, und auch nichts anderes. Der Boden war Fels geworden, nie wieder konnte darauf etwas wachsen.

Emma hat ihm gegenüber nie erwähnt, was sie von Bruno über Julia erfahren hat. Chris selbst hat niemals auch nur auf diese Episode angespielt. Die alten Geschichten soll man ruhen lassen, auch sie hat das immer getan.

Die Toten in Frieden lassen, die Lebenden lieb haben.

Ist denn wirklich Julias Tod die Erklärung dafür, dass Chris keinen anderen Ausweg mehr gesehen hat? Emma kann es kaum glauben. Dann hätte er fast vier Jahrzehnte lang die Erinnerung an eine tote Frau mit sich herumgetragen, und diese Erinnerung war schwerer und schwerer geworden, Jahr für Jahr für Jahr.

Sie steht auf. Das Zimmer bekommt von allen Seiten her Licht, die Sonne bescheint Schränke und Tische, den Flügel mit den Strohblumen darauf. Der Firnis der Ölgemälde glänzt, Whiskygläser auf einem silbernen Tablett funkeln. Auf der Ecke des Sekretärs liegt ein kleiner Fotorahmen, dessen Stütze in die Höhe ragt. Umgefallen, es stört die strenge Ordnung, die van Dijks Hand sonst überall bewahrt hat.

Emma stellt den Rahmen auf und schaut sich selbst in die Augen. Ein altes Foto, aufgenommen in der Zeit, als sie bei Chris und Imke wohnte. Vor einem Menschenleben. Chris hatte sie gebeten, sich von ihm fotografieren zu lassen, er wollte seine neue Kamera ausprobieren.

Julia, sie muss ihn immer an Julia erinnert haben, vom Tag ihrer Rückkehr aus Deutschland an. Deshalb hatte er sie fotografiert.

Emma will sich nicht mehr anschauen und legt das Foto wieder aufs Gesicht. Hat Chris das vielleicht auch getan, absichtlich? Eine Geste des Abschieds, eine Entschuldigung für das, was er tun wollte – du brauchst es nicht zu sehen, du siehst gar nichts, du bist nicht mehr da, alles ist dunkel um dich herum.

Langsam geht Emma durchs Zimmer. Vorbei an dem Flügel, auf dem, soweit sie weiß, nie ein Ton gespielt wurde, auf dem aber trotzdem ein Stapel vergilbter Noten liegt, nie aufgeschlagen. In die Küche, durch den Flur, die Treppe hinauf zum Arbeitszimmer und Schlafzimmer. Auf der Treppe fragt sie sich, ob sie so durch Chris' Haus gehen darf, wie ein Kommissar, der die letzten Handlungen des Toten rekonstruiert, denn das tut sie doch. Sie folgt seiner Spur ins Arbeitszimmer, in dem er die Tabletten genommen hat.

Alles sieht unberührt aus, als könnte Chris jeden Moment hereinkommen, um fortzusetzen, womit er beschäftigt war. Auf seinem Schreibtisch liegen Bücher und Papiere, ein Briefumschlag, noch halb mit einem Bindfaden umwickelt, eine alte Zeitung – eine deutsche, wie ihr sofort auffällt –, ein Füllfederhalter, dessen Kappe abgeschraubt ist, ein paar Gummibänder und Briefmarken. Er ist nur unterbrochen worden, von van Dijk vielleicht, er kommt gleich wieder.

Emma zögert und setzt sich dann an den Schreibtisch. Van Dijk hat berichtet, dass er seinen Chef nicht weit vom Tisch entfernt gefunden hat.

»Die Tür stand halb offen, Frau Verweij, er lag mit einer Hand auf der Schwelle.« Details, von denen sie lieber nichts gehört hätte.

Und auf dem Schreibtisch habe ein Schälchen mit

Haferbrei gestanden, links davon eine Serviette, rechts ein silberner Löffel. Tischmanieren bis zuletzt.

Das Schälchen ist natürlich inzwischen entfernt worden; auf der leicht staubigen Schreibtischplatte erkennt sie ganz schwach eine kreisrunde Spur, ein winziges Indiz. Die Zeitung ist ein Lübecker Lokalblatt, von 1942, dem Jahr des großen Luftangriffs auf die Stadt.

Lieber Chris, dummer, einsamer, treuer Chris, was hast du in dieser Zeitung gesucht, du wusstest es doch schon so lange. Ich suche es für dich heraus: Julia Bender, ums Leben gekommen am 28. März 1942.

In der Nacht zum Palmsonntag, dem Tag, an dem Jesus in Jerusalem einzog. Louis hatte einmal eine unvergleichliche Predigt darüber gehalten. Da wird jemand als Heiland und Held bejubelt, vom Volk auf den Schultern getragen, das Reich Gottes scheint nah zu sein, und am Ende der Woche trägt er das schwere, hölzerne Kreuz durch die Straßen, und das Volk lacht sich schief.

Julia Bender im Keller unter einem brennenden Haus, es ist nicht schwierig, sich das vorzustellen. Wer in der Lübecker Innenstadt wohnte, saß in der Falle. Die Engländer sprachen später von einem Präzisionsbombardement. Emma kannte den Begriff, sie hatte oft Bomben fallen sehen, nur war ihr das immer recht zufällig vorgekommen. Aber Chris hatte die Briten deswegen gehasst. Wenn er auch Anzüge eines britischen *gentleman of leisure* trug und lieber englische als niederländische Bücher las – dass die Engländer mitten in der Nacht unschuldige Menschen umgebracht und jahrhundertealte Städte vernichtet hatten, Dresden, Lübeck, Weimar, konnte er ihnen nicht verzeihen. Nazimethoden seien das gewesen. In diesem Stil hatte er einmal in ihrer Gegenwart über die »Verbrechen« der Briten geschimpft, ohne allerdings Julia zu erwähnen, und schon damals hatte sich Emma über diese zynische Sichtweise gewundert.

Julia Bender, ein Name in einer langen Liste von Todesopfern dieser Nacht. Nur die Geschichte, die Bruno gehört und wiedergegeben hatte, mehr war von ihr nicht geblieben. Ein paar Wörter und der Name in einer Totenliste.

Emma sitzt an Chris' Schreibtisch, die Hände auf dem grünen Löschpapier; ohne nachzudenken schraubt sie die Kappe auf den Füllfederhalter. Dann fällt ihr Blick auf ein aufgeschlagenes Buch, darunter liegt schräg ein Blatt Papier. Sie schaut nach, was Chris gelesen hat. Schopenhauer. *Das Schicksal mischt die Karten, und wir spielen.*

Sein Lieblingsphilosoph, der große Denker der Vergeblichkeit. Schon dieses Buch ist ein Abschiedsgruß, wird ihr klar. Keine Briefe mit langen Erklärungen, keine Entschuldigungen oder Vorwürfe, keine dramatischen Worte. Ein aufgeschlagenes Buch, ein subtiler Wink.

Als sie das Buch in die Hand nimmt, wird das ganze Blatt Papier sichtbar. Zwei Zeilen stehen darauf, in der präzisen und preziösen Handschrift von Chris. Emma kennt die Zeilen auswendig, sie braucht sie nicht einmal ganz zu lesen. Rilke, ihr beider Dichter. Es gab nicht viel, worüber sie einer Meinung waren, immer haben sie eine Art liebevollen Streit ausgetragen, nur über Rilke konnten sie niemals uneins sein.

*Wer jetzt kein Haus hat, baut sich keines mehr.*

*Wer jetzt allein ist, wird es lange bleiben.*

Doch noch ein Testament, doch noch ein letzter Gedanke, den er für sie aufgeschrieben hat, als die Henkersmahlzeit schon bereitet war.

Chris, Cousin, Bruder, Schicksalsgenosse, Retter in der Not, ihr liebster Gegner. Sie ist es, die jetzt allein ist und es lange bleiben wird. Siebenundsechzig ist sie, eigentlich noch nicht alt.

Emma legt das Blatt wieder hin, obwohl sie weiß, dass dieser Brief ohne Absender für sie bestimmt ist. Sie will die Ordnung oder besser Unordnung des Schreibtischs nicht stören. Alles soll so bleiben, wie es war, Beweisstücke für einen Prozess, Zeugnisse einer Lebensunfähigkeit.

Wie alt ist Chris geworden? Zweiundsiebzig. Er sah wie sechzig aus, kerzengerade, und doch ziellos. Was für eine furchtbare Tat, und was für ein grenzenloser Mut.

*Wer jetzt allein ist*, o ja, das war sie nun ganz ohne Einschränkung.

Vier Jahre vor Chris war es Bruno gewesen, der sie zurückließ, und auch er hatte nicht gerade viele Worte verschwendet.

»Ruf Michael und Thomas an«, hatte er im Rettungswagen noch gesagt.

Bruno, ihr stiller Mann, ihr kranker, sorgsamer, sportlicher, nikotinsüchtiger Mann, der geliebte Vater. Und dann hatte sein Herz versagt, noch während der Wagen mit hoher Geschwindigkeit in Richtung Krankenhaus fuhr.

Sie konnte nur seine Hand halten, sah die ramponierten Fingernägel, sah, wie grau sein Haar war, auch sein Gesicht wurde aschgrau, der Mund war halb geöffnet. Weste und Hemd waren aufgerissen, die Uhr an seinem Handgelenk verdreht, das Armband kaputt. Einer der Rettungssanitäter drückte in schneller Folge mit beiden Händen auf sein Brustbein, Rippen knackten. Das Neonlicht in der engen Kabine, das Schwitzen des Sanitäters, das Heulen der Sirene.

»Es tut sich nichts, es tut sich einfach nichts«, hatte der Sanitäter gemurmelt, er sagte es mehr zu sich als zu ihr.

# 22

Bruno!«
Die Pflegerin war sofort wach.

»Kann ich Ihnen helfen?«

»Nein, ich glaube nicht. Habe ich denn etwas gesagt?«

»Ich hörte Sie ›Bruno‹ sagen.«

»Ich muss Michael und Thomas anrufen, Judith.«

»Sie haben sie schon angerufen, Frau Verweij, vorgestern Abend. Thomas ist unterwegs.«

»Und Michael?«

»Er kommt bestimmt auch, aber es geht ihm nicht so gut, das wissen Sie ja.«

»Wie viel Uhr ist es, Judith?«

»Vier Uhr, noch lange nicht hell. Versuchen Sie noch ein bisschen zu schlafen, das wird Ihnen gut tun.«

Das Schäfchen, das liebe Schäfchen meinte das wirklich ernst. Das wird Ihnen guttun.

Das Licht würde kommen, ohne Zweifel. Die Sonne würde in ihr Zimmer, auf ihren Balkon, auf die Gegenstände in ihrer Wohnung scheinen. Plötzlich wunderte sie sich darüber, dass es so etwas wie Licht gibt, etwas, das die Dinge erst sichtbar macht. Wie oft war sie nachts durch ihre Zimmer gewandert, wenn sie nicht schlafen konnte. Hatte tastend Vorhänge geöffnet, die sie jeden Abend sorgfältig zuzog, als wäre der Krieg nicht längst vorbei.

In manchen Winternächten, wenn draußen kein Mensch unterwegs war und sie weit und breit als Einzige am Fenster stand, sah sie im Licht der Straßenlampen den Schnee mit unerschütterlicher Ruhe fallen. Allmählich verwandelte er alles, die Umgebung schrumpfte zu einem frisch bezogenen Bett zusammen. Schnee war nichts anderes als die einfachste Form von Glück, Schnee war Skifahren mit ihrem Vater in der Schweiz, war Eislaufen in Friesland, war Spazierengehen durch weiße Straßen, mit Bruno und Michael und Thomas.

Im Schwarzwald fällt Schnee in ungeheuren Mengen. Es ist Dezember 1944, als Emma bei den Ruperts wohnt, der Familie eines Bruders von Elka Wapenaar. Korntal, ein Dorf wie ein Freilichtmuseum. Häuser in zarten Farben, ein Dorfplatz mit einer Gastwirtschaft, einer Schule und einer Kirche. Und ringsum Weiden, Getreidefelder, Fichtenwälder, in den Ställen Kühe und Pferde, Schweine und Ziegen.

Ungebührlich ruhig ist es hier, der Krieg scheint weit weg zu sein. Aber das ist Schein, denn man sieht kaum jüngere Männer, nur noch Kinder, Frauen und Greise. Ein Dorf ohne breite Schultern und muskulöse Arme, an sich recht friedlich. Die Wapenaars haben es geschafft, Emma in einen Zug zu verfrachten, der nach mehr als dreitägiger Fahrt in einem gottverlassenen Bahnhof am Rand des Schwarzwalds endgültig zum Stillstand kam. Fort aus Berlin, aus der Stadt der Mörder, in der noch Fußballspiele stattfinden und Filme gezeigt werden, es ekelte sie an.

Schnee kurz vor Weihnachten, früher wäre sie mit einem Schlitten losgezogen, aber Emma kann es sich nicht leisten, an früher zu denken. Erinnerungen schmerzen mehr als Hunger und Kälte. Im Dorf reden die alten Männer von den Ardennen, wo man ihre Enkel hingeschickt hat. Noch einmal mit geballter Kraft gegen den Feind im Westen, es würde schon klappen, es musste klappen. Dies ist die Offensive, auf die sie lange gehofft haben. Die Frauen wissen es besser, sie melken die Kühe, schlachten die letzten Schweine und warten.

Emma wird geduldet. Sie ist zwar eine Fremde, und mancher im Dorf vermutet, dass sie mit einem Verräter verheiratet gewesen ist, einem von denen, die den Führer ermorden wollten. Aber Rupert ist in Ordnung, ihn respektiert man, und er hat gesagt, dass Emma zur Familie gehört und dass man sie höflich behandeln soll.

Die Monate bei den Ruperts kommen ihr vor wie eine Ewigkeit, erst der Herbst, dann der Winter, strenger als jeder, an den sie sich erinnert. An Heiligabend sind die Ruperts in Korntal die Einzigen, die nicht zur Kirche gehen. Nicht, weil sie das grundsätzlich nicht wollten, sondern weil in der Dorfkirche ein Idiot auf der Kanzel stehe, sagen sie, ein Vollblutnazi. Emma geht trotzdem, allein, und lässt die Ruperts verwundert zurück.

Der 24. Dezember, Heiliger Abend, es schneit unaufhörlich. Ein kleiner, noch mühsam zusammengebrachter Frauenchor singt, als sie die Kirche betritt und sich in eine der hintersten Bänke setzt, wo noch Plätze frei sind. Emma ist nie zuvor hier gewesen. Im fast dunklen Kirchenraum stehen ein paar Leuchter mit brennenden Kerzen, ansonsten ist er kahl und feucht. Die Fenster sind mit schwarzem Papier abgeklebt. An der Rückseite der langen Bänke hängen in regelmäßigen Abständen staubige Beutel mit den Gesangbüchern, außerdem sind dort Namensschildchen aus Messing angeschraubt. Offenbar hat hier jeder seinen festen Sitzplatz. Auf dem Schildchen direkt vor ihr und auf denen rechts und links davon liest sie die Namen von Dorfbewohnern, darunter den des Bäckers und des Tierarztes. Der sitzt also normalerweise auch hier, weit hinten, damit er jederzeit gehen kann, ohne zu stören.

Emma wappnet sich innerlich gegen das, was nun kommen wird. In ihrem kleinen Zimmer hat sie es nicht ausgehalten, im Grunde war es egal, wohin sie ging. Aber sie ist den Kirchgängern gefolgt. Einmal etwas anderes sehen und hören, einmal sich nicht verlieren in finsteren Gedanken.

Kirche, ein Begriff aus einer anderen Sphäre, in ihrem ganzen bisherigen Leben ist sie vielleicht zweimal zur Kirche gegangen, mit ihrer Großmutter in Leeuwarden, auch an Heiligabend, in einer unwirklichen Vorzeit.

Ein Mann kommt durch eine Seitentür herein und geht nach vorn. Er trägt einen normalen, feinen Anzug, vermutlich seinen Hochzeitsanzug, der nur an Festtagen aus dem Schrank geholt wird. Emma erkennt ihn, es ist der Tierarzt. Er besteigt die Kanzel und erklärt in ruhigem Ton, dass der Pfarrer zur Wehrmacht einberufen worden sei. Niemand reagiert. Der plumpe Mann auf der Kanzel, der das Glück hat, über fünfzig und unabkömmlich zu sein, hebt die Hand, wie um etwas Unsichtbares zum Halten aufzufordern.

»Gnade sei mit euch und Friede.«

Emma schaut sich um. Überall still gesenkte Köpfe. Dieser Mann beschwört das Unmögliche, aber alle lauschen seltsam hingegeben.

Dicht gedrängt sitzen sie hinter den Messingschildchen mit ihren Namen, abgehärmt, ihre Söhne und Enkel sind gefallen oder noch im Krieg, verarmt sind alle, ängstlich und hoffnungslos.

So sitzen die Leute jetzt überall in Deutschland, in blinder Andacht, denkt Emma. Bei Kerzenlicht hinter verdunkelten Fenstern.

Der Tierarzt liest die Geschichte von Jesu Geburt, aufgeschrieben von Lukas, auch ein Arzt. Eine simple Geschichte von einem Kind, das in einem Stall geboren wurde, und doch fesselnd. Für einen Tierarzt auf dem Lande ist eine Stallgeburt ja nichts Besonderes. Ein guter, warmer Ort.

Der ländliche Akzent und die ruhige Sprechweise des Ersatzpredigers gefallen ihr, Emma vergisst Zeit und Ort. Solange vorgelesen und gesungen wird, immer wieder gesungen, für sie schwer verständliche, jahrhundertealte Lieder in einem archaischen Deutsch, vergisst sie den Krieg, denkt sie an nichts mehr, nicht an Carl, nicht an ihre Eltern, nicht an sich selbst.

Weihnachtsabend im Schwarzwald, in einer verfallenden Kirche auf einem Hügel, gar nicht so weit vom schon befreiten Frankreich entfernt. Vielleicht ist es eine sehr primitive religiöse Regung, aber die Stimme des Tierarztes, das heisere Singen des Frauenchors, das heftige Kerzenflackern, das Gesäusel der kleinen Orgel über ihrem Kopf, all das zusammen gibt ihr fast das Gefühl zu glauben, was hier verkündet wird. Friede sei mit euch. Wenn das doch bitte möglich wäre.

Der Tierarzt betet, die Gemeinde murmelt mit. Der Vater, sein Reich, sie bitten um das tägliche Brot und dass ihnen die Schuld vergeben werde, wie sie selbst ihren Schuldigern vergeben.

Was für freundliche Menschen. Klänge eines unbekannten Klagelieds, ein friedliches Plätschern schwer verständlicher Wörter, der Mann auf der Kanzel als Dirigent. Helmut Wachter heißt er, und er macht seinem Namen Ehre, findet Emma.

# 23

Vier Uhr, hatte Judith gesagt. Das Ende der Hundswache, nicht mehr tiefe Nacht, jetzt musste es bald hell werden. Dienstag. Thomas würde die Sache in die Hand nehmen. Ring frei zur letzten Runde. Das Königreich konnte kommen.

Emma horchte. War die Schwester wieder eingeschlafen? Ja, sie hörte leises, regelmäßiges Atmen. Keine Gefahr. Zentimeter für Zentimeter schob sie sich in Richtung Bettrand, stand mühsam auf, nahm die beiden angelehnten Krücken und schlurfte, vor Anstrengung zitternd, zur Schlafzimmertür, wobei sie immer wieder stehen blieb und lauschte. Im Flur brannte ein Nachtlicht. Die Wohnzimmertür war offen, ihr Stuhl stand wie immer am Fenster.

Erschöpft wie von einer Tageswanderung erreichte Emma ihren Ausguck.

*System, Freund, der mir alles nimmt, und bald auch den Rest meiner Zeit – ich fühle mich schon überall fremd, außer in der Ewigkeit.*

Die Verse von Vromans Gedicht kehrten zu ihr zurück wie Brieftauben zu ihrem Schlag. Es gab immer noch Tauben gegenüber. Der alte Taubenzüchter war längst tot, aber er hatte diese Leidenschaft wohl seinem Sohn vererbt, denn jeden Nachmittag flogen die Vögel ihre Runden, und oben auf dem Dach streckte ein Mann den Arm in die Höhe und pfiff.

So hatte auch der Vater seine Vögel angelockt, als Bruno sie fragte, ob sie bei ihm bleiben wolle.

»Ich fühle mich schon überall fremd, außer in der Ewigkeit.« Täglich wiederholte sie diesen Satz. Nichts kam ihrem Erleben näher, dieses auch körperliche Empfinden der Auflösung, des Sich-Verflüchtigens, als wäre sie nur noch hauchdünn. Das Gefühl, zu einer Erinnerung zu werden.

Hoffentlich wachte Judith noch nicht auf. Emma wollte gern allein auf ihrem Stuhl auf das Licht warten, wollte die Nacht, oder was davon übrig war, aussitzen.

In zwei Tagen sei schon Mai, hatte die Pflegerin gesagt, darauf freue sie sich. Emma hatte nicht geantwortet. Natürlich war der Mai ein schöner Monat, aber die erste Woche hätte sie immer gern überschlagen. Totengedenktag, Befreiungstag. Carl an einem Fleischerhaken, Adam vor einem brüllenden Richter, sie auf der Flucht. Vorstellungen, die sie sonst, wenn auch mit Mühe, unterdrücken konnte.

Doch an diesen beiden Tagen wollte das nicht gelingen, denn die Rituale des 4. und 5. Mai waren Bruno sehr wichtig. Er flaggte halbmast am Fenster an der Seite des Hauses oder hängte die Flagge an der Straßenseite am Balkongeländer auf, und wenn um acht Uhr abends während der Schweigeminute Autos vorbeifuhren, schaute er mit finsterer Miene auf sie hinunter. Und all das, obwohl er gar keine Angehörigen verloren hatte. Am Tag danach verließen sie schon früh das Haus, Michael und Thomas mit orangefarbenen Mützen. Flaggenparade auf dem Schulhof, Lichterzug durchs Stadtviertel, Bruno in seinem Element.

Befreit – manchmal kamen Emma Zweifel, ob er das wirklich war. Seine Hautkrankheit hatte sich im Lauf der Zeit verschlimmert, die Apotheke war zum Großlieferanten häufig wechselnder Medikamente geworden. Man versuchte es mit den unterschiedlichsten Behandlungen, Jahr für Jahr verbrachte er Wochen im Hafenkrankenhaus.

Spätfolgen des Hungerwinter, sagten die Ärzte. Konnte das sein? Hunger hatte Bruno kaum erwähnt. Überhaupt hatte er über das letzte Kriegsjahr geschwiegen.

Emma wusste inzwischen, warum. Maria, Maartens Frau, die zu ihrer besten Freundin geworden war, hatte es ihr gesagt. Bruno war da schon seit etwa einem Jahr tot.

Emma und Maria gehen an dem kleinen See spazieren, auf einem Weg direkt am Ufer, vorbei an Schilfrohr und paddelnden Enten. Nicht weit entfernt liegen ein paar kleine Inseln, Reste der früheren Uferlinie. Sträucher und kleine Bäume wachsen darauf, und sie sind gerade so groß, dass man dort ungesehen mit jemandem zusammen sein kann, sofern man ein Boot hat.

»Das war unsere Insel.« Maria zeigt auf einen der grünen Streifen Land im Wasser.

Als Emma fragt, wer »uns« sei, antwortet Maria: »Bruno und ich.«

»Bruno und du?«

»Aber das musst du doch gewusst haben!?«

Emma schüttelt den Kopf, Maria nimmt ihren Arm und führt sie zu einer der Bänke am Weg.

»Es hat nur ein Jahr gedauert, vielleicht anderthalb. Höchstens zwei.«

Also war es wahrscheinlich doppelt so lange, die ganze Besatzungszeit, denkt Emma, spricht es aber nicht aus.

Die Geschichte, die Maria erzählt, in Bruchstücken, ist voller Lücken und Widersprüche, eine Geschichte, durchtränkt von Scham und altem Verlangen. Was Bruno nicht tun wollte, tut Maria: Sie erzählt von den Kriegsjahren in ihrer Straße, ihrer selbst geschaffenen, selbst erdachten Oase, ihrer Bastion des Selbstvertrauens, des Humors, der Liebe, des Leichtsinns. Sicher, es gab Razzien, es gab Hunger, sie kamen aus der Außenwelt, der man sich eben doch nicht ganz entziehen konnte. Auch Angst kommt in Marias Geschichte vor, und ein tot geborenes Kind, und Eltern, die starben, und ein Bruder, der von den Deutschen ermordet wurde.

»Die meisten von uns waren Mitte zwanzig bis Mitte dreißig, knapp zwei Dutzend junge Familien, ein paar ältere Leute, zwei Freundinnen, die zusammenwohnten, auch ein freundlicher NSB-Mann, der niemandem etwas zuleide tat außer sich selbst. Diese Straße, kaum zweihundert Meter lang, breite Bürgersteige, ein paar Laternen, sechs junge Bäume, diese Straße war das Leben. Im Nachhinein betrachtet war es purer Wahnsinn, in diesen Jahren so glücklich zu sein, fast kriminell. Bruno war der einzige Mann ohne Frau, aber er schien nicht darunter zu leiden, im Gegenteil.«

»Wie hat es angefangen, Maria?«

Beim Segeln sei es gewesen. Bruno habe noch bis zum Spätherbst gesegelt; wenn alle anderen ihre Boote schon winterfest gemacht hätten, sei er noch oft auf dem See gewesen. An einem sonnigen, ungewöhnlich warmen Novembertag habe er sie gefragt, ob sie nicht mitkommen wollte. Wenn sie aus irgendeinem Anlass bei Nachbarn waren, hätten sie schon oft zusammengesessen und geredet, er habe sie besucht, sie ihn, es sei ein zwangloser Kontakt gewesen, sie hätten miteinander getanzt, nie sei so viel getanzt worden wie während des Krieges.

»Ich hatte die Kinder, und Maarten – Bruno und ich haben uns nur hin und wieder heimlich getroffen, es war eine Luftschutzkellerliebe, wir dachten beide nicht daran, dass wir zusammenbleiben würden. Aber diese Liebe brachte Glanz in mein Leben, und in seins. Trotzdem kam der Moment, in dem wir uns entscheiden mussten, ein paar Nachbarn hatten Verdacht geschöpft, einer warnte mich, jemand habe uns auf der Insel gesehen.«

Wieder zeigt sie auf den Streifen im Wasser, das bisschen Erde mit Gras, Gesträuch und Krüppelbäumchen darauf. Dann schweigt sie eine Weile.

Als Maria weiterspricht, hört Emma schon nicht mehr zu, sie schweift durch ihre Erinnerung an Bruno. Einsam und sanftmütig war er. Sie hat ihn rückhaltlos geliebt. Marias Bekenntnis schockiert sie nicht, im Gegenteil, sie ist froh, dass er in den dunklen Jahren nicht allein sein musste.

Im Sommer 1944 war es zu Ende, hat Maria gesagt?

Bruno und Maria zum letzten Mal auf ihrer Insel, mannshoch das Schilfrohr, der Rückzug schon beschlossen, ein Gefühl der Hilflosigkeit und Leere. War es so?

Maria erzählt und erzählt, als wäre die Wahrheit ihr auf den Fersen. Sie will nun die ganze Geschichte loswerden, will sagen, was man nicht sagen kann. Aber Emma hört etwas anderes, sieht etwas anderes, und plötzlich glaubt sie zu wissen, was geschehen ist. Und auch das schockiert sie seltsamerweise nicht.

»Wann hat es wieder angefangen, Maria?«

Ein Teil von Bruno war für sie immer im Schatten geblieben, vielleicht war es etwas, das er selbst nicht verstand. Manchmal hatte sie ihn unerwartet in Tränen angetroffen. Sie sieht ihn vor sich, im Halbdunkel an dem runden antiken Tisch seines Vaters, die Hand auf der Stuhllehne, eine Zigarette zwischen den braun verfärbten Fingerspitzen. Abwesend, in seiner Deckung auf unbekanntem Gelände.

Marias Antwort überrumpelt sie dann doch.

»Für mich hat es nie aufgehört. Ich habe Bruno zwar losgelassen, damals im Sommer, aber er hat mir immer schrecklich gefehlt. Seit er dich kennengelernt hatte, hat er mich wie eine Schwester behandelt, mit einer hartnäckigen Treue. In Gedanken bin ich noch oft auf unserer Insel gewesen, aber in Wirklichkeit nie mehr.«

Hartnäckige Treue? Vielleicht eher eine Treue, der alles egal war. Marias Worte sind nicht ganz glücklich gewählt, was ihr aber nicht auffällt.

Emma denkt an Bruno in seiner Deckung, in Schweigen versunken. Sie wartete ab, wenn er in diesen Zustand verfiel, warten konnte sie wie niemand sonst.

Ihre Freundschaft mit Maria war nach dieser »Beichte« nur noch enger geworden.

## 24

Es wurde Morgen. Emma sah die Scheinwerfer der ersten Autos auf dem Oudedijk, die mit hoher Geschwindigkeit in die Stadt fuhren. Langsam drehte sie ihr Armband, das glatte silberne mit der kleinen, ebenfalls silbernen Schließe, das sie jeden Tag trug, seit Maria es ihr gegeben hatte.

»Bruno hat mir das einmal geschenkt, ich habe nie gewagt, es zu tragen. Es ist für dich.«

Das war kurz nach der Beichte gewesen. Bruno war jetzt dreiunddreißig Jahre tot. Fast ebenso lange trug sie also schon dieses Armband, nur wenn sie das Silber einmal putzen musste, nahm sie es ab.

Dreiunddreißig Jahre allein, zweiundsechzig Jahre in der Straße. Es konnte einem schwindelig werden von diesen Zahlen. So viele Jahre mit Carl, so viele mit Bruno, so viele ohne sie. Auch Maria war nicht mehr da.

Emma war sich nicht ganz sicher, ob Marias Antwort auf ihre Frage, wann es wieder angefangen habe, der Wahrheit entsprach. Sie hatte überzeugend geklungen, aber hinterher waren ihr die Formulierungen doch wie zurechtgelegt vorgekommen. Vor allem schien ihr in der »hartnäckigen Treue« in gewisser Weise die Untreue eingeschlossen zu sein.

Trotzdem, auch hinterher, noch ganz erfüllt von der Trauer um Bruno, hatte sie keine Wut oder Eifersucht empfunden. Sie wollte nicht in ein mögliches Geheimnis von Bruno und Maria eindringen, damit hätte sie nur ihre Freundschaft aufs Spiel gesetzt. Wer solche Geheimnisse entlarven will, hat nie geliebt, sagte sie sich.

Irgendwo schlug eine Glocke fünf Uhr. Das würde wohl die Koninginnekerk sein – ach nein, die war ja schon vor Jahren abgerissen worden. Ein harter Kampf zwischen verschiedenen Gruppen war dem Abriss vorangegangen. Er hinterließ eine Lücke, die zwar bald mit Häusern gefüllt wurde, aber noch Jahre später hatten die Glockenschläge im Gedächtnis der Menschen nachgehallt.

Emma horchte. Es konnte nicht mehr lange dauern, bis Judith ihre Abwesenheit bemerken würde. Aber vorerst tat sich nichts, sie hörte nur die Stille der Zimmer ringsum.

Wenn Thomas pünktlich eintreffen wollte, musste er jetzt aufstehen. Von Hamburg nach Rotterdam brauchte man schon einen Vormittag. Elf Uhr, hatte er gesagt, bis dahin würde er da sein. Es blieb doch merkwürdig, dass er in Claritas Heimatstadt gezogen war. Er fühle sich dort zu Hause, behauptete er. Bestimmt war er von Bruno beeinflusst worden, nach jeder Reise hatte Bruno davon gesprochen, wie schwer die jüngeren Deutschen an der Geschichte ihrer Eltern zu tragen hätten, dass sie im Wortsinn wie im übertragenen Sinn vor einem Trümmerhaufen stünden.

Hamburg war genauso gründlich zerstört worden wie das Zentrum von Rotterdam. Überall Löcher und Lücken, eine unüberschaubare Masse von Lücken, wie die unverständliche Landkarte der Seele. Die Erinnerung war zu einem Irrgarten geworden, in dem nichts mehr an seinem ursprünglichen Platz stand, es gab darin keine Richtung mehr.

Thomas. Und Michael, ihr Erstgeborener, der so krank war. Es war zum Erbarmen, sie hatte solche Angst, dass es mit ihm noch weiter bergab gehen würde. Ihr stolzer Sohn, aber von Anfang an auch ihr Sorgenkind. Emma hatte ihn nie gut verstanden, obwohl sie sich in vieler Hinsicht ähnlich waren. Als kleiner Junge war Michael sehr schwierig gewesen, sie hatte ihn sogar eine Zeitlang bei einer ihrer Cousinen gelassen, damit er etwas abkühlte.

Vier Jahre war er da gewesen und hatte die kurzzeitige Trennung schon als Abweisung empfunden. Abgeschoben, anderen zugeschoben, zurückgelassen in einem fremden Haus. Genauso hatte Emma sich gefühlt, als ihre Eltern sie in Leeuwarden bei den Großeltern ließen. Die gleiche Wunde, die sie später ihrem eigenen Kind zufügte. Seltsam, dass sich anscheinend alles wiederholen musste, äußerlich anders, aber im Wesentlichen gleich.

Und dann das Schlimmste. Daran kam sie in dieser Nacht nicht vorbei.

# 25

Wie alt war er da gewesen? Fünfzehn, sechzehn, sie weiß es nicht mehr, es ist heute.

Emma schlägt Michael. Hart, wahllos schlägt sie auf ihn ein, in wortloser, eiskalter Wut. Er wehrt die Schläge ab, so gut er kann, völlig entsetzt von dem Angriff, den er nicht hat kommen sehen.

Es ist vorbei, bevor er weiß, wie ihm geschieht. Eine halbe Minute Schläge, die ein Leben lang nachwirkt.

Ja, er war sechzehn, und er hatte etwas über Carl gesagt, das er irgendwo gelesen oder aufgeschnappt hatte. Ein bisschen provozierend hatte er es gesagt, sicher, aber mehr noch verwundert über das, was für sein Empfinden schon ferne Vergangenheit war, wie alles, was sich während des Krieges abgespielt hatte.

Sie sei ja mit einem Verräter verheiratet gewesen.

Sechzehn war er und rebellierte gegen alles und jeden. Ihre Antwort waren die Schläge, eine Faust gegen Ignoranz. Es brachte sie beide für immer auseinander. Vielleicht fühlte auch er sich überall fremd, vielleicht erklärte das seine vorsichtigen Schritte, dieses ganze Leben in der Frageform. Emma hatte die halbe Minute nie mehr gutmachen können, er hatte den Arm, mit dem er sich zu schützen versuchte, nicht mehr sinken lassen.

Ihre Reue und das Schuldgefühl hatte sie in jenen Bereich verbannt, in dem auch Carl lebte, jederzeit abrufbar, aber auch immer wieder im falschen Augenblick da. In letzter Zeit hatte sie sich sogar gefragt, ob der kurze Kampf damals nicht schon der zündende Funke von Michaels Krankheit gewesen war, auch wenn das Feuer erst viel später aufloderte. War das nicht denkbar? Was wusste man schon über diese Dinge. Manchmal war sie sich sogar ganz sicher.

Später hatte sie von Clarita Trott gehört, dass man auch sie scheel angesehen hatte, in den Augen vieler Landsleute war Adam, der noch vor Gericht das Verbrecherregime und seine Unrecht sprechenden Handlanger mit solch ätzender Schärfe angegriffen hatte, ein Verräter.

»Schwester!«

Die Türen des Rettungswagens werden aufgerissen, zwei Pflegerinnen übernehmen die Trage und rollen sie durch einen hell erleuchteten Flur. Die eine öffnet unterwegs das Ventil einer Sauerstoffflasche, die andere drückt Bruno die Maske auf Mund und Nase, aber sie stolpert und lässt die Maske los, sein Kopf fällt zur Seite. Der Operationssaal, in Neonlicht getaucht, Mattglastüren öffnen und schließen sich automatisch.

»Schwester, ich muss bei ihm sein!«

Aber man lässt Emma nicht hinein, die Tür schließt

sich vor ihrer Nase. Jetzt sitzt sie zusammengekrümmt in einem kleinen Wartezimmer schräg gegenüber dem OP. Unbestimmte Geräusche dringen zu ihr. Dort liegt Bruno, oder was von ihm übrig ist. Sie muss Maria und Maarten verständigen. Hat sie die Kerzen im Wohnzimmer gelöscht?

Jemand kommt fast lautlos herein, Emma sieht einen Schatten und blickt auf. Es ist Michael.

Fast so blass wie Bruno, denkt sie.

Er nickt nur stumm in Richtung OP. Dann sagt er leise: »Thomas ist auf dem Weg, in einer Stunde kann er hier sein.«

Bruno, Bruno, lass mich nicht allein, es ist noch zu früh, wir haben noch so vieles nicht getan und nicht besprochen.

Von gegenüber ist nichts mehr zu hören. Schließlich öffnen sich die Türen des OP, leiser als vorher, glaubt sie, als solle der Tote, der dort auf dem Tisch liegt, nicht gestört werden; die Beleuchtung ist ausgeschaltet.

Ein kurzes Räuspern. Michaels Hand auf ihrem gesenkten Kopf.

Um halb neun wollte Thomas in Hamburg abfliegen, Emma hatte ausgerechnet, dass er, wenn alles klappte, um halb elf bei ihr sein konnte. Ein Werktag, Dienstag, Sonnenaufgang um sechs Uhr zehn. Ende April, Frühling, nicht mehr lange bis zum Sommer. Aber so weit würde das Palliativ-Team Ost es nicht kommen lassen, dachte Emma zuversichtlich.

Thomas und Michael. In so mancher Predigt waren diese Namen vorgekommen. Michael, der Erzengel, Beschützer der Sterbenden, und Thomas, der erst sehen muss, bevor er glauben kann. Louis hatte sie darauf hingewiesen und gefragt, ob sie bei der Auswahl der Namen daran gedacht hätten.

Nein, Bruno und sie hatten zwar durch die Bibel geblättert, das beliebteste Vornamenbuch, hatten die Namen aber nur nach dem Klang ausgesucht, mehr steckte nicht dahinter. Doch jetzt kam es ihr fast so vor, als hätten die Namen ihrer Söhne eine tiefere Bedeutung. Michael, der Beschützer der Sterbenden, wer hatte sich das ausgedacht. Als Bruno starb, hatte Michael im Wartezimmer des Hafenkrankenhauses gestanden, schweigend und konzentriert. Sie selbst hatte er beschützt. Und Thomas würde heute sehen und glauben müssen. Er sollte seiner Mutter beistehen, die Hand in ihrer Hand.

# 26

Was hatte ihre Mutter doch noch gesagt?

»Ich dachte, ihr hättet immer über alles gesprochen, ihr hättet keine Geheimnisse voreinander gehabt.« Das bezog sich auf Emma und ihren Vater, Oscar, wie sie ihn nach seinem Tod genannt hatte. Kate war für sie »Mutter« geblieben, ohne dass darin viel an Emotionen mitschwang. Ja, sie war ihre Mutter, aber nennenswerte Ähnlichkeiten hatte Emma nie entdecken können, alle hatten gesagt, dass Emma ganz der Vater sei, Dudoksche Züge waren bei ihr nicht zu finden.

An das Äußere ihrer Mutter konnte sie sich nur noch vage erinnern. Ein verwittertes Gesicht, viele Sommersprossen, fast weißes Haar, blaue Adern wie Schnüre auf ihren Händen. Eine afrikanische Zauberin. Eine Nebendarstellerin in Emmas Leben, verschwunden, ohne viel zurückzulassen. Kate Dudok, Kate Verschuur, ihre Mutter, es waren Namen einer Fremden, die sich ihr nicht vorgestellt hatte. Begraben am anderen Ende der Welt, in der Nähe von Élisabethville.

Dennoch war sie jetzt anwesend, Emma konnte ihr nicht ausweichen, immer wieder trat ihre Mutter ihr in dieser Nacht gegenüber. Diesmal mit der Bemerkung über Oscar und ihrer beider »Geheimnisse.« Ein Missverständnis, Oscar hatte ihr vielleicht sogar weniger anvertraut als seiner Frau. Seltsamerweise waren aber die Geheimnisse ihres Vaters kein Problem mehr; was ihre Mutter ganz oder halb verschwiegen hatte, ärgerte sie. Oder das, was sie dann achtlos offenbarte, wie die Existenz Lara van Oostens, die Oscar so entschieden vor ihr verborgen gehalten hatte.

Die Schweiz ist eine Luftspiegelung, ein Land, das ein Stück über dem Boden schwebt, unberührt, unberührbar, verwöhnt, ein Land wie ein Gerücht.

Es ist gegen Ende der sechziger Jahre, als Emma allein durch die Schweiz fährt. Brunos Citroën DS bewegt sich sanft schwingend, ein Wasserbett auf Rädern, das ideale Auto für die Berge. Jedes Jahr reist Emma in die Schweiz, im Sommer wie im Winter, eine Selbstverständlichkeit. In der Vorkriegszeit ist sie mit ihren Eltern in die Schweiz gefahren, nach dem Krieg dann mit Bruno und den Kindern, allerdings über Belgien und Frankreich.

In Bern macht sie kurz Halt, weil die Stadt, in der Oscar während des Krieges wohnte, eine Art Pilgerstätte für sie ist. Ein Ort für ein feierliches Gedenken, ihr eigener 4. Mai im Herbst.

Anfang November, fast alle Hotels in den Bergen sind geschlossen. Die Sonne wärmt kaum, aber es liegt noch kein Schnee, still und leer ist es so kurz vor Beginn der Wintersaison.

Emma kennt ein Hotel, das immer geöffnet ist. Im *Hotel Jungfrau* hört man die Zahnradbahn kommen und wegfahren, und wenn man aus dem Fenster schaut, glaubt man einen Modelleisenbahnzug und einen Miniaturbahnhof zu sehen, unwirklich fast, vor allem, wenn der Zug im November aus dem Hochnebel auftaucht oder darin verschwindet.

In Lauterbrunn lässt sie das Auto stehen und fährt mit dem Bähnchen zum Hotel hinauf. Im selben Wagen sitzt ein Paar, umgeben von etlichen Koffern. Die Frau trägt eine elegante Pelzmütze und einen langen schwarzen Mantel, der Mann hat graues Haar, sieht aber sonst noch jung aus. Beim Aussteigen nimmt er die Frau bei der Hand, um sie zu stützen, eine Geste, die mehr bedeutet, als man auf den ersten Blick sieht.

Das Hotel hat Gepäckträger zur Bergstation geschickt. Langsam geht Emma den steilen Weg zum Eingang hinauf. Das Licht aus den Hotelfenstern dringt kaum durch den dichten Nebel, der auf den Terrassen liegt. Fünf Uhr, und es wird schon dämmrig, ein Feuer brennt im offenen Kamin der Hotelhalle. Emma trägt sich ins Gästebuch ein. Alles ist wie erwartet und versprochen. Eine perfekte Welt made in Switzerland.

Zum ersten Mal seit langer Zeit ist sie allein. Bruno, Michael und Thomas sind beschäftigt, Arbeit, Studium, ein Kongress in Krefeld. Emma macht sich Sorgen um Bruno, aber das tut sie eigentlich immer. Seine Krankheit kommt und geht wie das Wasser bei Ebbe und Flut, und mittlerweile raucht er zwei Päckchen Zigaretten am Tag, sein Zeige- und Mittelfinger sind braun vom Nikotin, es kann nicht gut für ihn sein. Aber auf Schlittschuhen legt er noch mühelos weite Strecken zurück, und im Tennis besiegt er seine Söhne. »Also kein Grund zur Sorge, Emma!«

»Entschuldigen Sie bitte, darf ich Sie etwas fragen? Haben Sie vielleicht früher einmal in Berlin gewohnt?«

Neben ihrem Tischchen steht die Frau aus der Bahn, jetzt ohne Pelzmütze und Mantel, aber ebenso elegant. Um die sechzig, vielleicht etwas älter, schwer zu sagen. Sie hat ihre Frage so zurückhaltend gestellt, dass Emma weder erschrickt noch sich darüber wundert, dass die Fremde Niederländisch spricht.

Es ist eine Frage, der sie sonst immer ausweicht, oder besser gesagt, sie weiß zu verhindern, dass ein Gespräch auf eine solche Frage zusteuert. Dennoch ist sie darauf vorbereitet. Vor dem Kamin sitzen Gäste, die sich leise unterhalten, ein Kellner serviert ihnen Bier, der Hoteleigentümer spricht mit Neuankömmlingen, im Speisesaal werden Kerzen angezündet. Gepolstertes Glück, ein Hauch von Reichtum. Gleich wird ein Pianist Evergreens spielen, die Klappe des Flügels ist schon geöffnet.

Ebenso behutsam, wie die Fremde sie angesprochen hat, antwortet Emma.

»Sind wir uns denn in Berlin einmal begegnet? Ich muss leider zugeben, dass ich mich nicht daran erinnern kann.«

»Nein, wir kennen uns nicht, aber ich habe Ihren

Namen im Gästebuch gelesen, Sie sind doch Emma Verweij-Verschuur, nicht wahr? Wir haben uns nach Ihnen eingetragen, und ich konnte gar nicht vermeiden, Ihren Namen zu lesen. Ich habe einmal einen Mann namens Oscar Verschuur gekannt. Er hatte eine Tochter in Berlin, Emma hieß sie, und offen gesagt, Sie sehen ihm sehr ähnlich. Bitte entschuldigen Sie meine Neugier, es wäre ja schon ein unwahrscheinlicher Zufall, wenn Sie es wären.«

»Oscar Verschuur war mein Vater.«

Noch während sie das sagt, steht Emma auf und reicht der Frau mechanisch die Hand. »Ich bin wirklich Emma. Darf ich Sie nach Ihrem Namen fragen?«

»Ich heiße Lara van Oosten, früher jedenfalls, jetzt heiße ich Lara O'Brien.«

Sie ist es. Wie ist es möglich, dass sie beide im selben Hotel absteigen.

Emma nimmt wieder Platz, Lara van Oosten zieht gedankenverloren einen Stuhl neben ihren. In diesem Augenblick beginnt der Pianist mit seinem Potpourri, die Gesellschaftsräume füllen sich, fast alle Zimmer des Hotels sind belegt, es ist ein Anziehungspunkt für Liebhaber einer leeren Bergwelt.

Emma fühlt sich sonderbarerweise wie bei etwas Peinlichem ertappt, oder schlimmer noch: schuldig. Wo wäre denn hier etwas Peinliches, sagt ihr Verstand, von Schuld ganz zu schweigen. So ein Unsinn, sich schuldig zu fühlen, weil sie der Frau begegnet, die ihr Vater geliebt hat.

Schuldgefühl und Mitleid und der Wunsch, mehr zu erfahren, streiten um den Vorrang. Emma fällt nichts anderes ein als zu schweigen. Die Frau berührt kurz, wie entschuldigend, ihre Hand. Auch sie sagt nichts.

Das Schweigen ist eine Art Waffenstillstand, vielleicht sind sie auch Verbündete wider Willen, sie wissen nichts voneinander. Noch finden sie keine Worte, die Fragen, das Forschen nach der Wahrheit sind aufgeschoben. Nebel vor den Fenstern, Feuer im Kamin, Gelächter aus der Küche, ein Barkeeper ruft etwas.

»Er lebt schon lange nicht mehr, aber das wissen Sie wahrscheinlich«, sagt Emma dann.

Die Frau nickt, sie weiß es. Sie habe es von ihrem Mann gehört, einem irischen Diplomaten.

»Ihr Vater war in der europäischen Diplomatie eine bekannte Persönlichkeit. Alle waren sehr bestürzt, als sie von seinem Tod erfahren haben.«

»Und Sie?«

Lara schaut zu ihrem Mann, der am Eingang zum Speisesaal steht. Viele Gäste haben schon ihre Plätze an den Tischen eingenommen.

»Mein Mann wartet auf mich, sind Sie einverstanden, wenn wir nach dem Abendessen weitersprechen?«

»Fällt es Ihnen schwer?«

»Ich kann jetzt nicht klar denken, ich hatte nicht damit gerechnet, Ihnen jemals zu begegnen. Aber nachher würde ich sehr gern mit Ihnen reden.«

Sie ist immer noch schön, denkt Emma, als sie Lara nachschaut. Wie schön wird sie erst vor drei Jahrzehnten gewesen sein. An Geschmack hat es ihrem Vater nie gefehlt, höchstens an Moral, aber über Fragen der Moral urteilt Emma inzwischen anders als früher.

Nach dem Abendessen sitzen Emma und Lara auf einer Couch vor dem Kamin. Alte Fragen, neue Antworten, ein Gespräch von Fremden und Vertrauten, die der Zufall an diesem aus der Zeit gefallenen Novemberabend im Berner Oberland zusammengebracht hat.

»Unternehmen Barbarossa ... Oscar kannte das Datum des geplanten Überfalls, und ich habe naiverweise geglaubt, dass man noch etwas retten könnte, wenn er die Alliierten warnt. Ich habe ihm großes Unrecht getan. Er war überzeugt, dass die Nazis die Spur über ihn zu Ihnen zurückverfolgen und sie verhaften und umbringen würden. Das hat er mir geduldig erklärt, aber ich wollte es nicht hören, ich fand sein Verhalten feige. Ich konnte mich nicht in jemanden hineinversetzen, der eine Tochter in Deutschland hatte, und ich konnte mir einfach nicht vorstellen, dass die Alliierten ihn wirklich würden abblitzen lassen, dass sie ihm nicht glauben würden, wie er behauptete. Natürlich hatte er recht, und ich habe mir nie verziehen, dass ich ihn so traurig habe gehen lassen.«

Traurig gehen lassen?

»Waren Sie denn nicht jahrelang seine Geliebte? Ich habe immer gedacht, dass Sie sich auch nach dem Krieg noch regelmäßig mit ihm getroffen haben, stimmt das nicht?«

Lara schüttelt den Kopf.

»Nach dem 19. Juni 1941, nachmittags halb zwei, habe ich ihn nie wiedergesehen. Wir kannten uns vier Monate, und es stimmt, wir waren ein Paar, es fällt mir nicht leicht, Ihnen das zu sagen, aber so war es. Noch jahrelang war er in all meinen Gedanken, aber ich habe nie mehr mit ihm gesprochen. Einmal habe ich ihn gesehen, aber er mich nicht. Ein halbes Jahr nach unserem Abschied musste ich nach Bern. Es war schon fast dunkel, und es schneite, ich ging mit aufgespanntem Schirm über den Bahnhofsvorplatz, als ich ihn sah, ins Gespräch mit einem anderen Mann vertieft. Er hat mich nicht bemerkt, er ging ohne Hut oder Schirm durch den Schnee, nur den Mangelkragen hatte er hochgeschlagen. Bis ich mich halbwegs gefasst hatte, waren die beiden verschwunden.«

Sie bricht ab. Emma sieht, dass die Frau, mit der sie dieses sehr persönliche Gespräch führt, kein Wort mehr herausbringt. Als würde ihr plötzlich bewusst, was sie da alles erzählt, und wem: der Tochter des Mannes, den sie so kurze Zeit so geliebt hatte.

Emma sitzt verloren neben ihr. Ihre Mutter wusste überhaupt nichts Genaues, Oscar hatte kein Doppelleben geführt, sie hat also nur spekuliert.

Dann erzählt sie Lara von ihren Jahren in Berlin. Sie sagt, dass sie ihren Vater verflucht habe, als er nichts von sich hören ließ, als ihr klar geworden sei, dass er die Information über den Angriff am 22. Juni nicht weitergegeben hatte. Natürlich sei sie bei dem Treffen in Genf ganz aufgewühlt gewesen von dem, was Carl ihr erzählt hatte, und natürlich habe sie gemeint, dass Oscar davon wissen müsste, um warnen zu können. Später habe sie sich Vorwürfe gemacht, weil sie ihn in die Sache hineingezogen hatte. Ein kindisches Verhalten, den Vater zu Hilfe zu rufen, mit der Folge, dass die Sorge um sie sein Denken beherrschte. Stattdessen hätte sie selbst gleich etwas unternehmen sollen.

Lara unterbricht Emma kein einziges Mal. Vielleicht, denkt Emma, hört sie den Klang von Oscars Stimme. Plötzlich kippt ein Holzscheit aus der sorgfältig aufgebauten Pyramide im Kamin, doch bevor das brennende Stück auf den Parkettboden rollen kann, hat Emma einen Schürhaken in der Hand und stößt es zurück, schnell und gekonnt. Zufrieden hält sie den Schürhaken einen Moment in der erhobenen Hand. Ein Kellner nähert sich eilig und fragt, was er für die Damen tun könne; wahrscheinlich denkt er, dass Emma ihn mit dem Ding heranwinken wollte.

»Ach, nein, ich wollte Sie nicht rufen, aber da Sie nun extra gekommen sind, bestellen wir sicher etwas, nicht wahr, Frau O'Brien?«

»Ich hoffe, Sie tun mir den Gefallen und nennen mich Lara. Ja, für mich gern einen Whisky ohne Eis, bitte.«

Emma bestellt einen Irish Coffee.

»Wohnen Sie in der Schweiz, Lara?«

»Nein, ich habe das Land noch während des Krieges verlassen, ich fand damals eine Stelle in Irland. Lieber ein neutrales Irland als eine neutrale Schweiz, dachte ich, aber es war vermutlich eher Flucht vor Ihrem Vater.«

Wie lange ist Oscar jetzt tot? Mehr als fünfzehn Jahre. Einer unter so vielen Hunderten Toten in dem Katastrophenjahr, wen interessierte da der Tod eines mysteriösen Diplomaten, der in Driehuis-Westerveld begraben wurde? Ein paar alte Getreue, eine Handvoll Verwandter, einen Mitstreiter aus den Kriegsjahren, die meisten von ihnen lebten selbst schon nicht mehr.

Plötzlich fällt ihr auf, dass sie ganz unbefangen von Carl gesprochen hat, als gebe es keinen Bruno, als wäre alles noch so, wie es einmal gewesen ist. Carl und sie in Genf, in Berlin, Naziterror und Krieg und trotz allem diese Nähe und Zärtlichkeit – ein Leben, als gebe es kein Morgen.

»Ich bin seit 1941 noch sehr oft hier gewesen, Emma, ich meine in diesem Hotel. Kaum zu glauben, dass wir uns nicht viel früher begegnet sind. Es ist durchaus möglich, dass wir im Dorf oder hier schon aneinander vorbeigegangen sind. Nach dem Krieg bin ich fast jedes Jahr zum Skilaufen hergekommen, und wir wohnen meistens in diesem Hotel.«

»Im *Hotel Jungfrau*? So lange ich zurückdenken kann, sind wir in den Ferien nach Wengen gefahren, und nachmittags nach dem Skifahren konnte man hier draußen vor dem Hotel wunderbar Tee trinken. Ich weiß nicht, wie oft ich mit meinen Eltern und später mit meinem Mann und meinen Kindern auf dieser Terrasse dort gesessen habe.«

Lara sagt nichts, dann alles.

»Oscar hat mich zum ersten Mal hier auf der Terrasse gesehen. Am nächsten Tag sind wir uns im *Café Eiger* unten im Dorf begegnet. Es schneite ununterbrochen, das hat uns den ganzen Tag im Café festgehalten. Warum und wie es geschah, ist mir ein Rätsel, aber es war, als würden plötzlich unsere beiden Leben sich berühren, es war eine völlig unerwartete, nicht gesuchte Liebe. Und es schneite und schneite. So leicht, wie der Schnee fällt, so geheimnisvoll sanft war auch das zwischen uns. Ein Tag und dann vier Monate, fast genug für ein ganzes Leben.«

Emma erkennt wieder, was sie hört.

## 27

Die ersten Flecken Licht auf den Häusern breiteten sich langsam nach oben und unten aus. Ein paar Vögel fingen vorsichtig an zu singen, es klang erstaunt – für den, der Ohren hatte. Emma hörte solche Feinheiten, sie fütterte seit vielen Jahren die Meisen, Sperlinge, Finken und auch Tauben auf einem schmalen Brett, das vor den Fenstern zum Oudedijk hin befestigt war. Ihr privater Vogelschutz, Fettfutter, Körner und sorgfältig auf Schnabelgröße zurechtgeschnittene Stückchen Brotkruste.

Es war sechs Uhr, auf dem Oudedijk fuhren inzwischen die Straßenbahnen der Linien 16 und 17 und einige frühe Fahrradfahrer in Richtung Stadtzentrum, Aktenkoffer auf den Gepäckträgern.

Bruno hatte ihr einmal erzählt, dass im November 1944 sämtliche Männer von siebzehn bis vierzig zum »Arbeitseinsatz« in Deutschland zwangsverpflichtet wurden. Auch in ihrer Straße hatten alle den Einsatzbefehl im Briefkasten, sie sollten sich vor den Häusern aufstellen, um dann zusammen zum Bahnhof zu marschieren.

In ihrer Straße hatte niemand bereitgestanden, aber

auf dem Oudedijk waren sie zu Hunderten vorbeigezogen, mit Koffern und Seesäcken bepackt. Ein schauriger Aufzug um sechs Uhr morgens. Es waren junge Männer, die kein Versteck gefunden oder deren Eltern gesagt hatten: Nun geh einfach, es wird schon nicht so schlimm werden. Und andere, denen alles besser erschien als zu Hause zu hocken. Wie viele waren an Leib und Seele unversehrt zurückgekommen? Wahrscheinlich nicht einer. In Rotterdam waren bei dieser Gelegenheit über fünfzigtausend Mann zusammengetrieben worden. Fünfzigtausend, die größte Razzia im ganzen besetzten Europa, eine der letzten Zuckungen der Besatzungsmacht. Inzwischen fast vergessen.

Bruno und die anderen hatten sich zusammen mit weiteren jungen Männern aus dem Stadtviertel mehrere Tage im Keller des riesigen Schulgebäudes versteckt. Ein Versteck, das diese Bezeichnung kaum verdiente, fünfzig Mann im Kohlenkeller, Gesang und Gebrüll, einer hatte mit einer Pistole herumgefuchtelt. Untergetaucht? Eher übergeschnappt. Ein Wunder, dass die Deutschen die Schule nicht durchsucht hatten, meinte Bruno.

Nach der Razzia hatte er sich im Büro nicht mehr blicken lassen. Der Hunger war gekommen und mit ihm die Kälte. Maria war unerreichbar geworden, es mussten einsame Monate gewesen sein. Die Straße auf dem Tiefpunkt, so hatte er es einmal ausgedrückt.

Wie oft hatten Bruno und sie auf dem Flachdach ihres Hauses gestanden und auf die Welt da draußen geschaut, auf das Rotterdam, das er aufzubauen half? Während er sich selbst kaputt machte. Mit Rauchen, endlosen Arbeitsessen, immer wieder Reisen, langen Tagen im Auto, Sitzungen, Sitzungen, Sitzungen. Bis sein Körper nicht mehr konnte und er starb, ebenso unerwartet, wie damals alles angefangen hatte, mit einer Aufforderung zum Tanz.

Einem Tanz, der, wie sich später zeigte, ein Versprechen war. Liebe in Zeiten des Friedens.

Der letzte Kriegswinter, der kälteste, in den Hügeln am Rand des Schwarzwalds. Ein Sichverkriechen vor dem nahenden Untergang. Nebel, Schnee, Hagel, von der Welt abgeschnittene Dörfer. Hoch oben flogen die Bomber, vielleicht auf dem Weg nach Berlin zu ihren Freunden, sofern sie noch lebten.

Emma verließ selten das Haus, die Ruperts waren sich eben doch nicht ganz sicher, dass niemand sie verraten würde, die Frau eines Verräters. Monate der Isolation, in denen sie mechanisch lebte, sprachlos.

Judith schlief immer noch. Der Schlaf der Gerechten, die Träume einer erschöpften Pflegerin, die bald aufschrecken, das Bett leer vorfinden und feststellen würde, dass die Nacht vorbei war. Aber nicht jetzt, Judith, warte noch einen Moment.

Immer wieder kehrte sie in dieser Nacht in den Schwarzwald zurück. Die Monate dort waren eine Art Nichtzeit gewesen. Carl tot, Bruno noch nirgendwo und sie untergetaucht im schwarzen Wald, die Symbolik des Namens entging ihr nicht.

Helmut Wachter, was mochte aus ihm geworden sein? Eines Tages hatten Amerikaner ihn in aller Frühe abgeholt. Wieso einen Tierarzt? Von ihrem Fenster im Obergeschoss sah Emma, wie er mitgenommen wurde, sie klopfte an die Scheibe und winkte. Er winkte zurück, ruhig, ernst, fast feierlich, ohne Angst. Später hörte sie, dass er dolmetschen sollte, er konnte ein wenig Englisch. Seit dem Weihnachtsabend hatte sie ein paarmal kurz mit ihm gesprochen. Er hatte an jenem Abend noch eine Geschichte erzählt, mit der keine der Geschichten von Louis es hätte aufnehmen können, kein Märchen, keine Erzählung, keine Predigt.

Wenn es nur wahr wäre, was er gesagt hatte, wenn man am Ende seines Lebens nur den Mut fände, wirklich daran zu glauben. Sie hatte Wachters Worte nie mehr vergessen, sie flatterten durch ihren Kopf bis zuletzt.

Zögernd beginnt er, der Tierarzt vor dieser Gemeinde von Bauern, von Verwundeten, Frauen ohne Mann, Großmüttern, Greisen, die noch auf Wunder hoffen, ein paar schlafenden Kindern. Tierarzt und Ersatzprediger, nicht der geborene Redner.

»Ein Mann ging am Meer entlang. Ein Mann? Es kann auch eine Frau gewesen sein, ich weiß es nicht. Sagen wir einfach: Ein Mensch.

Der Mensch wusste, dass er nicht mehr lange auf dieser Erde sein würde und erinnerte sich Schritt für Schritt der Geschichten seines Lebens. Nach einer Weile drehte er sich um und sah zwei Fußspuren im Sand – Gott ging mit ihm.

Doch immer dann, wenn er an bestimmte Schrecken in seinem Leben dachte, an Zeiten der Sorge, der Trauer oder der Verzweiflung, sah er beim Umdrehen nur ein Paar Abdrücke hinter sich auf dem Sand.

›Warum warst du immer dann nicht da, wenn ich dich am dringendsten gebraucht habe‹, fragte er Gott.

Und Gott antwortete, dass er immer bei ihm gewesen sei.

›Aber, warum nicht in meinem größten Elend, als ich deiner so sehr bedurft habe?‹

Und Gott antwortete: ›Wo du nur ein Fußpaar siehst, da habe ich dich getragen.‹«

So wurden der Bauer und die Mutter und der Verwundete und der Briefträger und die Krankenschwester und die Lehrerin und die Untergetauchte aus Berlin durch die Worte eines Tierarztes miteinander verbunden, dachte Emma. Wie viel Zeit dann noch verging, bis der Friede da war.

## 28

Nach dem Licht kamen die Geräusche. Schräg gegenüber zog der Lebensmittelhändler die Rollgitter vor seinem Laden hoch, es war das Rattern, mit dem ein neuer Tag begann. Sieben Uhr, es ging los, die Maschinerie setzte sich in Bewegung, die Leute vom Palliativ-Team zogen sich an, auf dem Hamburger Flughafen arbeiteten die Piloten von Thomas' Flugzeug vielleicht schon ihre Checkliste ab, die kleine Lenie sah mit Schrecken den Morgen kommen, an dem sie das Nachthemd ihrer Frau Verweij bügeln musste, das Hemd für die lange Nacht.

»Frau Verweij, was machen Sie denn?!« Judith fiel beinahe ins Zimmer, blass vor Schreck.

»Nichts Besonderes, Schwester, ich wollte Sie nicht wecken, deshalb bin ich allein ins Wohnzimmer gegangen, es war niemand da, der mich tragen konnte, soweit ich weiß.«

Emma musste lächeln, sie war noch halb im Schwarzwald, in der feuchten, kalten Kirche des Helmut Wachter.

»Ich bringe Sie zurück, ich hole den Rollstuhl, bleiben Sie einfach ruhig sitzen.«

Der Engel, die sorgsame Seele. So jung und so bekümmert um eine alte Frau, eine träumende, abwesende, in Sprüchen und Gedichten orakelnde alte Frau. Wie viele verschiedene Ausdrücke für ihren Zustand ihr spontan einfielen, senil war sie gewiss nicht, nur müde, unsagbar erschöpft.

Geschickt half ihr die Pflegerin ins Bett zurück, legte ihr zwei Kissen in den Rücken und klappte links und rechts die Seitenteile hoch. Bereit zum Ablegen sozusagen, und die zartrosa Decke gab dem Ganzen fast einen gemütlichen Anstrich. Judith würde nicht mehr von ihrer Seite weichen, das war offensichtlich.

»Wie spät ist es, Schwester?«

»Gleich acht Uhr, Frau Verweij.«

Die Uhr als letzter Halt, wenn die Zeit sich schon verflüchtigte, wenn alles ineinander überfloss, Vergangenheit und Gegenwart austauschbar geworden waren. Manchmal hatte Emma sogar das Gefühl, dass die Grenze zwischen ihr selbst und den Menschen verschwamm, mit denen sie gelebt, die sie geliebt hatte.

Sie dachte an Maria.

Maria Steinz, Freundin, Nachbarin, Schauspielerin – nun ja, verhinderte Schauspielerin, aber immerhin. Wenn sie auf dem Balkon stand und ihr schallendes Lachen die Stille durchbrach, zuckten die Nachbarn zusammen, Tauben schwangen sich vom Dachrand in die Luft.

»Maria, sei still, die Kinder schlafen!«, rief jemand,

worauf sie nur noch lauter lachte. Sie hatte etwas Exotisches an sich, sie passte nicht in dieses brave, ängstliche Land, war impulsiv, neugierig, freigebig. Ihr Charme bezwang die Menschen, denen sie begegnete. Wie Bruno. Und Emma und so viele andere. Auch Michael und Thomas. Die ganze Familie Verweij war ihr gefolgt wie in einem Fanfarenzug. Viva Maria! Wie lange war sie nun schon tot? Emma versuchte, die Übersicht über die verstrichenen Jahre zu behalten. Es war schwieriger als bei den Stunden.

Sie lag auf einem großen, dunklen Schachbrett, auf dem sie hin und her geschoben wurde, vor und zurück.

Sie sah einen Turm, den Turm von Loevestein, Zauberwort für grenzenloses Glück, sie dachte an die schmalen Streifen Strand entlang der Waal, in der sie im Sommer schwammen.

Sie setzen mit der Autofähre von Vuren nach Brakel über. Das Wasser der Waal flimmert in der Sonne, die Fähre lässt schwer beladene Binnenschiffe vorbei, die stromaufwärts nach Deutschland fahren. Bruno steht neben dem Wagen, Hut auf dem Kopf, Hände in den Jacketttaschen, und sieht in der Ferne Schloss Loevestein. Er zeigt, Emma soll auch aussteigen und schauen. Da, da! Mit einem schabenden Geräusch schiebt sich die Rampe auf die schräge Auffahrt der Anlegestelle, vorsichtig suchen die Wagen festen Boden, der Schiffer auf der Brücke wedelt ungeduldig mit dem Arm, Beeilung bitte, er muss zurück, weil am anderen Ufer schon wieder Autos warten. Es war der Sommer 1956, das wusste sie ganz genau. Wenn sie sich an einen Sommer voller Glück erinnerte, war es der von 1956, eine Zeit, an der sich alles andere messen lassen musste, einzigartig und groß in kleinstmöglicher Form, unvergesslich.

Brunos Hautkrankheit hatte ein dramatisches Stadium erreicht, nur im Sommer trat für einige Wochen eine Besserung ein, die Haut regenerierte sich, Knötchen und Quaddeln bildeten sich zurück. Auch in diesem Sommer. Als in ihrer Nachbarschaft die ersten Lücken gerissen wurden. Der Richter, der Anwalt, der Unternehmer zogen fort, sie waren dem Mangel der Kriegs- und Nachkriegszeit entwachsen, hatten den Wohlstand entdeckt.

Maria und Maarten waren an einen Ort gezogen, von dem Bruno und Emma zunächst nur eine vage Vorstellung hatten; aber nach einem Besuch hätten keine zehn Pferde sie mehr dorthin gebracht.

Helmond, *it's all in the name*, pflegte Maria zu sagen. Maarten war in diesem Höllenschlund Direktor einer Textilfabrik geworden, in deren Stoffen halb Afrika herumlief, das heißt, die Hälfte des weiblichen Teils. Maria trug sie übrigens auch, Kleider mit wilden Mustern, wie für den Karneval. Aber sie trug sie mit Begeisterung, eine weiße Afrikanerin, lachend, immer lachend.

Die Waal bei Gorkum. Für Bruno eine Gegend voller Erinnerungen, sein Vater war dort Bürgermeister, bevor er nach Gouda »befördert« wurde. Wer an einem Fluss aufgewachsen ist, sagt man, will später immer reisen – stimmte das? Für Bruno gilt das nicht unbedingt, wenn er auch beruflich viel ins Ausland muss. Auf ihn trifft eher etwas anderes zu: Wer Jahre seiner Jugend oder einen wichtigen Teil davon an einem Fluss verbracht hat, den zieht es später immer dorthin zurück. Ein Zurückreisender. Da, da!

Emma steigt aus dem Auto und stellt sich neben ihn, schiebt die Hand zu seiner Hand in die Jacketttasche.

*»Der ich die weißen Segel hisse, sitze am großen Ruder und singe, das Leben ist eine seltsame Reise, das Herz voll dunkler Dinge.«*

Judith lauschte diesen Sätzen, die aus einer anderen Welt zu kommen schienen. Emma hatte die Augen geschlossen. Es klang, als würde sie mit jemandem sprechen.

Was für ein Text, das war sicher wieder einer von ihren Dichtern, ihr Kopf musste randvoll sein mit alten Versen, die sie irgendwann gelesen und für den passenden Moment aufgehoben hatte.

Wo war sie wohl in diesem Augenblick? Judith legte die Hand auf das Seitenteil des Betts.

»Wenn wir doch hier irgendwo ein Häuschen kaufen könnten, wär das nicht schön? Das müsste doch gehen, braucht auch nicht teuer zu sein, wir könnten immer an den Wochenenden hinfahren, es dauert ja nur eine Dreiviertelstunde.«

Bruno beugt sich über die Reling der Brakel III. Die Bugwellen eines vorbeifahrenden Binnenschiffs schlagen gegen die Flanke der Fähre, die ein wenig schaukelt. Er zieht Emmas Hand aus seiner Jacketttasche und legt sie an seine Wange. Zurück zum Fluss seiner Jugend, zu den Dörfern hinterm Deich und dem jeden Winter überfluteten Vorland.

Zurück.

Brunos Sehnsucht nach der Zeit vor seiner Krankheit, nach der Besatzungszeit, nach ihrer Straße, als all seine Freunde noch dort wohnten? Nach seinen Eltern? Diese Fragen gehen Emma durch den Kopf, als sie wieder einsteigen.

In ihrem Renault 4CV fahren sie an der Waal entlang in Richtung Munnikenland und Woudrichem. Auf dem Deich, an dem Ziegen grasen und über den die oberen Fenster der kleinen Häuser gerade noch hinwegblicken, zum Schloss Loevestein, das er als Kind vom Kai in Gorkum aus sehen konnte. Ein dunkles Ding.

»Lag Schloss Loevestein auch im Amtsbereich deines Vaters, gehört es zu Gorkum?«

»Alles lag in seinem Amtsbereich, so weit sein eines Auge reichte.«

Emma lacht, die wenigen Dinge, die Bruno über seinen Vater erzählt hat, haben sich ihr eingeprägt.

Als Offizier der niederländischen Kolonialarmee auf Sumatra hatte er bei einem Rebellenangriff ein Auge verloren. Bruno war der jüngste Sohn, und der sanfteste. So wild sein Bruder Rob war, so ruhig war Bruno,

Streit konnte er schlecht ertragen. Das Zerwürfnis zwischen Rob und dem Vater hatte vor allem Bruno das Herz gebrochen, und seiner Mutter, hatte Emma manchmal gedacht. Den einäugigen Offizier selbst schien es kaum zu berühren, dass sein Sohn sich nach Südafrika davonmachte, trotzdem fragte Bruno sich oft, ob es nicht in Wirklichkeit genau das gewesen war, was seinen Vater umgebracht hatte. Unterdrückter Kummer, der keinen Ausweg fand.

»Es war nicht dieser Staal, Emma, es war Rob.«

Bis zu seinem dreizehnten Lebensjahr hatte Bruno in Gorkum gewohnt. Seine Brüder brachten ihm das Eislaufen, Schwimmen und Segeln bei, sie nahmen ihn auf ihre Streifzüge durch die Polder mit, manchmal prügelten sie sich in der Stadt mit Jungen aus anderen Vierteln, aber dabei wollte Bruno nie mitmachen. Lieber war ihm das Eislaufen auf den Kanälen im Bommelerwaard und Alblasserwaard; kaum war das Eis fest genug, zogen die Jungen ihre Schlittschuhe an. Später unternahm er die gleichen Ausflüge auf dem Eis mit Michael und Thomas, es waren unvergessliche Tage.

So war er geblieben, hatte Emma oft gedacht, ein zwölfjähriger Junge, der nur dort wirklich zu Hause war und deshalb im Sommer 1956 mitten auf der Deichstraße anhielt, um verwundert auf den Fluss und die Landschaft seiner schönsten Jahre zu blicken.

## 29

Halt an, Bruno, da ist dein Häuschen!«

Hinterm Deich liegt ein kleiner Kartoffelacker, daneben steht ein Haus, von dessen Obergeschoss aus der Fluss zu sehen sein muss und weiter weg die Silhouette von Schloss Loevestein. Auf einem Schildchen an einem kurzen Pflock zwischen den Kartoffeln steht »Zu verkaufen«. Leicht zu übersehen, als wollten die Besitzer eigentlich doch lieber nicht verkaufen. Ein Mann in schwarzer Arbeitskleidung und mit schwarzer Mütze stochert mit einem Spaten im Acker herum. Ein Totengräber wäre fröhlich im Vergleich zu ihm.

Als sie aussteigen, stellen sie fest, dass genau an dieser Stelle zwei Deiche aufeinandertreffen, Waaldijk und Nieuwedijk.

»Vom Oudedijk zum Nieuwedijk«, sie lachen nur leise, um den Totengräber nicht in Verlegenheit zu bringen.

»Guten Tag, ist dieses Haus zu verkaufen?«

Der Mann nimmt die Mütze ab, dann die Pfeife aus dem Mund und antwortet nach einigem Nachdenken widerwillig: »Jawohl.«

Als Gegenleistung nimmt auch Bruno den Hut ab. Er

fasst Emma bei der Hand und fragt den Mann, ob sie kurz zu ihm kommen dürfen. Sie dürfen. Die steinernen Stufen, auf denen es steil zum Häuschen hinuntergeht, sind von Löwenzahn und Gras überwuchert.

»Versteeg«, sagt der Mann nur. Und nach längerem Schweigen: »Sie kommen wohl aus dem Westen?«

Danach beginnt das Eis zu schmelzen, Bruno ist in Hochform. Euphorisch kehren sie nach Rotterdam zurück. Ihre Straße dort kommt ihnen plötzlich so klein vor, ohne Aussicht auf Deichvorland und Fluss.

»Gleich Maria anrufen«, sagt Bruno, »wir kaufen es zu viert.«

Wir machen unbesehen mit, lautet die Antwort.

Es ist der Beginn eines Heimatromans. Für fast ein Jahrzehnt wird das Häuschen an den Deichen Emmas liebster Besitz, seit jenem Sommer 1956 bleibt Carl eher im Hintergrund, manchmal kann sie sogar wieder ohne bohrenden Schmerz an ihn denken.

Ein Fleckchen Erde am Fuß des Deichs, große Stachelbeersträucher, Holunder, Schilfrohr und Rosen, zwei Birnbäume, ein Schuppen, das ausgedehnte Reich von vier Stadtmenschen.

Helmond trifft Rotterdam, lautet die Devise. Maria und Maarten aus der Provinzstadt im Süden des Landes, Emma und Bruno aus der Metropole am Meer. »Liebes Brakel, ohne Makel« hat Maria auf eine Keramikschale malen lassen. Brakel ist das Dorf, dessen Ausläufer bis zu ihrer Deichecke reichen, sie haben das letzte Haus. Jenseits des Deichs liegt das Munnikenland, das manchmal überflutet wird und in dem die Natur die Spielregeln bestimmt.

Versteeg, der Aalfischer, wird ihr Freund. Wenn sie gegen Abend Tisch und Stühle auf dem Nieuwedijk aufstellen – Autos sind dort eine Seltenheit –, erscheint er meistens genau zur richtigen Zeit, um einen Oude Jenever mit ihnen zu trinken.

»Da sag ich nicht nein.«

»Zum Wohl, Versteeg!«

»Auf die Ewigkeit, liebe Leute.«

Jahre später ist Bruno einer von denen, die ihn durchs ganze Dorf tragen. In dem Sarg auf ihren Schultern, durch die Straßen seines Lebens. Zwölf Kinder hatte Versteeg, alle geboren in dem kleinen Haus am Deich.

Emma öffnete die Augen, schloss sie aber gleich wieder, als sie Judiths Hand auf dem Seitenteil des Betts liegen sah. Sie hörte die Kinder zur Schule kommen. Halb neun, Mathematik oder Französisch, gespanntes Warten, Widerwille oder Freude, die ganz normale Meuterei gegen sonderbare Lehrer und die Schule im Allgemeinen. So viele Räume voller Kinder an einem sonnigen Morgen, in unruhiger Stille, wenn die Aufgaben für eine Klassenarbeit verteilt sind, während sie hier in ihrem Bett zwischen Himmel und Erde liegt.

Mühelos flogen Emmas Gedanken über den Wassergraben zu dem Schulgebäude in zwanzig Metern Entfernung. Und zur Schulzeit von Michael und Thomas, um die sie sich ein Leben lang Sorgen gemacht hatte, auch als sie längst erwachsen waren.

Michael spielt Theater. Unter den Zuschauern im *Palace* ist auch Emma, ohne Bruno, der zu seinem großen Bedauern nicht mitkommen konnte, er liegt krank zu Hause. Michael ist der Hauptdarsteller in dem Stück eines zeitgenössischen englischen Autors, Szenen aus dem Leben eines modernen Dandys, darunter macht man es an dieser Schule nicht. Schlank und überheblich steht er auf der Bühne des armseligen kleinen Theaters, sein Spiel versetzt einen sofort ins London der fünfziger Jahre.

Kurz vor der Pause sitzt er auf einem Frisierstuhl; der Friseur, der ihn mit dem Fußhebel in die Höhe befördert hat, bewegt die Schere schnipp-schnapp wie einen Vogelschnabel an seinem Kopf entlang, und während sich die beiden unterhalten, schneidet er fröhlich in Michaels Ohr. Langsam rinnt Blut den Hals hinunter, in der grellen Bühnenbeleuchtung sieht es schlimm aus. Ist das echt oder ein Trick, Beerensaft aus einem Fläschchen, geschickt in der Hand des Friseurs verborgen? Aber Emma, in einer der vorderen Reihen, sieht genau, dass es kein Beerensaft ist, und muss sich beherrschen, um nicht aufzuspringen.

»Mach weiter«, hört sie Michael zischen. Und sie spielen die Szene zu Ende, Michael und sein Henker. Das Publikum applaudiert noch minutenlang.

Als Michael nach der Pause die Bühne betritt, ist über

seinem Rollkragen ein dunkles Pflaster zu sehen, und noch bevor er etwas sagen kann, gibt es wieder Applaus. Er schaut dorthin, wo er seine Mutter vermutet, doch sie erwidert seinen Blick nicht, weil sie nicht mehr da ist. Sie kann Bruno nicht so lange allein lassen.

In Wirklichkeit ist sie geflohen: vor dem Anblick des blutigen Halses im weißen Licht und dem Gedanken an Carl in Plötzensee. Man muss ihn auf einen Hocker gestellt haben, ohne ihm die Augen zu verbinden, eine Filmkamera hielt alles fest. Ein Fleischerhaken, das Stahlkabel, leicht bewegt vom Luftzug, ein eiskaltes Schlachthaus. Der Hals. Blut.

Nicht lange nach dem Stück mit Michaels Glanzrolle war jenes andere Drama aufgeführt worden, das von ihrer blinden Wut und seiner tiefen Verletzung handelte. Ihrer sinnlosen Rache für seine kindisch-gemeine Bemerkung über Carl.

Aber Thomas, der seinen älteren Bruder auch hatte spielen sehen, bewunderte ihn seitdem. Im Lauf der Jahre war das Geschehen auf der Bühne in seiner Fantasie immer dramatischer geworden, hatte er Emma einmal erzählt: Blut tropfte auf den Boden, Michaels Mitspieler geriet in Panik, während er selbst unerschütterlich hoch oben auf seinem Stuhl saß, der Held, der keinen Moment aus der Rolle fiel. Wie etwas groß und größer wird, grotesk.

# 30

Thomas' Maschine musste nun jeden Moment starten, dann eine Stunde Flug, rechnete sie noch einmal. Der Countdown hatte begonnen. Auch ihren jüngeren Sohn hatte sie im Grunde nie wirklich verstanden, was sie aber seltsamerweise nicht störte, sie liebte ihn und ließ ihn seine eigenen Wege gehen, ja, sie hatte nicht einmal den Wunsch nach mehr Nähe verspürt, warum, wusste sie selbst nicht. Sie hatten sich regelmäßig geschrieben, vielleicht kannte er sie besser als jeder andere.

Ihr letztes Schicksal hatte sie voller Vertrauen in seine Hände gelegt, schon mehr in der Ewigkeit als hier, und nun war die Nacht endlich vorbei.

Emma in ihrem Schlafzimmer, auf den ersten Blick war es ein perfektes Stillleben, nichts Überflüssiges, die Vorhänge zugezogen, die Tür zum Balkon einen Spalt geöffnet und festgehakt. Brunos Foto, der kleine Stapel Bücher, der dunkle Spiegel.

Jerusalem. Ein paar Jahre nach Brunos Tod hat Thomas sie gefragt, ob sie nicht mitkommen möchte in das Land, von dem ihr Pfarrer-Freund immer so begeistert erzählt hat.

Am späten Abend sind sie angekommen, das Sherut, ein Sammeltaxi, bringt die Reisenden nacheinander zu ihren verschiedenen Zielen. Einer von ihnen ist ein bärtiger Mann mit Kippa und Schläfenlocken, der einen schwarzen Pelzmantel trägt. Er wird in Mea Shearim abgesetzt, dem Viertel der Ultraorthodoxen. Als wären sie im Mittelalter gelandet, sehen sie auf der Straße kleine Feuer, umgeben von schattenhaften Gestalten mit Büchern unterm Arm, sich wiegend in einer Art Sprechgesang; eine Oper ohne Frauen, stellen sie in ihrem Taxi ehrfürchtig und verständnislos fest.

Erleichtert betreten sie wenig später das *American Colony Hotel* in Ostjerusalem, beim Damaskustor, das in die Altstadt führt. Ein Hotel aus einem Buch, ihrem Buch.

Wie ein Liebespaar gehen sie am nächsten Tag durch die tragische Stadt, aufgebaut aus uralten Mythen, Lügen und Offenbarungen. Wohin man auch schaut, sieht man einen bewaffneten Traum, eine eingezäunte Vision.

Im Inneren des *American Colony* haben Ost und West eine Art Gleichgewicht gefunden. Arabische Architektur und Irischer Whisky. Blühende Kletterpflanzen haben die Mauern des Innenhofs erobert, in der Mitte stehen Zitronenbäumchen an einem Springbrunnen, es riecht nach Wald. Am Abend sitzen Emma und Thomas stundenlang an einem der kleinen Tische mit Leinendecken und reden.

Genauer gesagt, Emma redet. Sie erzählt, wie sie es

nie zuvor getan hat, als wäre sie dem Mann, der ihr gegenüber sitzt, gerade erst begegnet und müsste ihm unbedingt ihr ganzes Leben offenbaren. Es ist ihre Beichte.

Thomas, der sich bis dahin mit vagen Andeutungen, verwirrenden Puzzleteilen, unzusammenhängenden Fetzen hatte begnügen müssen, bekommt auf dem Innenhof des Hotels plötzlich die ganze Geschichte zu hören. Für Jahrzehnte genug Stoff zum Nachdenken, wird er ihr später einmal sagen.

Es sind Bausteine für eine Familienkathedrale oder einen Bunker oder eine Ruine, von allem etwas. Ihre Beichte ist auch Selbsterforschung, so vieles hat sie gesehen und nicht verstanden, so lange ist sie vor der Vergangenheit geflohen, voller Angst vor dem Unbegreiflichen, vor der Reise zurück. Endlich schaut sie sich um.

Am schwersten fällt es ihr, von der Zeit in Berlin und im Schwarzwald zu sprechen, und gerade darüber will Thomas alles wissen. Natürlich auch über seinen Vater und seine Großeltern, vor allem seinen Vater. Aber Emmas vermauerte Vergangenheit vor Bruno und der Zorn, der in einem unseligen Moment daraus hervorbrach, das ist es, worauf Thomas sie immer wieder zurücklenken möchte.

Hin und wieder schallt von einem Minarett in der Nähe der Gebetsruf, damit Allah nur ja nicht vergessen wird, Beten auf Befehl einer rauen, blechernen Stimme. Er höre darin Verzweiflung und Überdruss, sagt Thomas, und trotzdem sei dieser Sprechgesang irgendwie schön. Sie schaut ihn an, ein wenig verwundert über so viel Duldsamkeit. Blecherne Stimmen aus Lautsprechern kennt sie nur zu gut, in Berlin verfolgten sie einen überallhin.

Und sie erzählt, als würde eine alte Wut aufflammen. Bald scheint Thomas sich zu fragen, ob er all das wirklich wissen will, es geht ihm offenbar ein bisschen zu weit, seine Neugier hat Grenzen. Doch sie zerrt ihn mit in den Abgrund der deutschen Geschichte, die übelsten Jahre des Jahrhunderts.

Den Namen Carl hat nach Emmas Angriff auf Michael niemand mehr auszusprechen gewagt, er war in ihrer Familie zu einer Art Schwarzem Loch geworden, natürlich hatte sie das gemerkt. Jetzt spricht sie ihn aus, als wäre es ganz selbstverständlich.

Das langsame Umzingeltwerden, die zunehmende Isolierung, das Schweigen der Verwandten, das Einschlafen alter Freundschaften, die unausgesprochene Missbilligung ihrer Mutter, die Sorge ihres Vaters: Ihr Leben in Berlin war auf die Dauer eine Übung in Einsamkeit geworden. Nur Carls Liebe hatte sie aufrecht gehalten.

»Warum musstest du einen Deutschen lieben, Mama?«, fragt er in einem Ton, der schon im Voraus um Entschuldigung bittet.

»Es war unmöglich, ihn nicht zu lieben.«

Wie erklärt man, warum man jemanden lieb gewinnt, wie soll man eine Antwort auf eine gutgemeinte, aber sinnlose Frage wie diese finden.

Ja, es war wirklich unmöglich. Sie hatte keinen Moment gezögert, fast von ihrer ersten Begegnung an hatte sie Carl in Schutz nehmen, ihn umarmen, an sich drücken wollen. Diese Schüchternheit, als er sie fragte, ob sie sich wiedersehen würden, die Frage sollte neutral klingen, aber es war nicht zu überhören, wie sehr er sich ein Wiedersehen wünschte. Und sie hatte ohne nachzudenken geantwortet: »Ja, gerne. Morgen?«

Wie sie ihre Liebe zu Carl beschwört, das Verzweifelte darin ist beinahe greifbar. Aber sie sagt nicht alles, sie hält etwas zurück, und Thomas spürt das sehr genau.

»Wann ist er endgültig aus deinem Leben verschwunden, dein Carl?«

Eine Frage, die ihr anderer Sohn nicht hätte stellen dürfen. Emma schweigt, der Abend ist weit fortgeschritten. Ein paar späte Gäste spazieren durch den Innenhof, zeigen auf die Sterne und den grellweißen Mond. Plötzlich riecht es nach Jasmin, es ist ein Duft aus Berlin-Dahlem. Panik, ein mit Leichen beladener Lastwagen, der durch eine Allee davonfährt.

Vor ihr sitzt ihr Sohn, der Ungläubige, und seine Frage schneidet wie ein Messer. Nicht wieder, Thomas, nicht noch einmal in diesen dunklen Tunnel. Verschwunden ist nichts; wer und was einmal war, ist geblieben und zugedeckt, zärtlich begraben, bis auf Weiteres verborgen. Carl wurde Bruno und Bruno wurde Carl, und mein Körper vergaß, wie und wo das geschah. Die Arme um meinen Leib, wessen Arme waren es?

Emma antwortet nicht, stellt keine Gegenfrage, sie ist so still geworden wie die Nacht über dem Hotel, das

Kleid klebt auf ihrer Haut, sie weiß nicht, ob es an lange aufgeschobenem Schmerz oder unterdrückter Wut oder an der Hitze auf dem Innenhof liegt.

Ein anderer Gast nähert sich ihrem Tisch.

»*At this very spot I met Lawrence of Arabia*« – ein kleiner, runder Mann mit starkem amerikanischen Akzent sagt das in ihr Schweigen hinein und schaut sie triumphierend an. Thomas reagiert nicht, Emma lächelt.

»*Peter O'Toole, or the real one?*«

Im gleichen Moment erinnert sie sich, dass Bruno und sie den Film im Kino gesehen haben, und dass sie den Darsteller des Lawrence als ziemlich attraktiv bezeichnete, was Bruno ärgerte.

»*The real one, of course.*«

Der Mann trollt sich angesichts eines solchen Mangels an Respekt. Aber seine Bemerkung kam zur rechten Zeit.

»Morgen in die Altstadt und durch die Via Dolorosa. Die andere.«

Emmas kantiger Humor.

Ihre Zimmer liegen am Innenhof, Efeu wächst um die Türen herum, an der Mauer Jasmin und wilde Pelargonie. Es riecht nach ihrem Garten in Dahlem, ihrem Häuschen in Brakel, nach dem Schwarzwald im Spätsommer. Emma ist neunundsechzig, sie hat noch Jahre vor sich. An der Tür zu ihrem Zimmer dreht sie sich um und sieht Thomas, der ihr nachschaut, den Schlüssel in der Hand. Er winkt kurz und geht dann langsam weiter.

Seit Bruno nicht mehr lebt, ist auch Carl weit weg, denkt Emma. Aber niemand verschwindet, Thomas. Wäre es doch nur wahr.

# 31

Der Vorhang vor der Balkontür bewegte sich. Draußen hatte der Frühling begonnen, die Bäume auf der kleinen Wiese blühten rosa, an den Rändern des Wassergrabens stand Wiesenkerbel, auf dem kleinen See fuhren die ersten Segelboote. An einem gewöhnlichen Dienstag. Einem Tag zum Geborenwerden.

»Ist jemand auf dem Balkon, Judith? Es sah aus, als hätte jemand den Vorhang ein Stück zur Seite gezogen.«

»Nein, Frau Verweij, das ist der Wind, außer uns ist niemand hier.«

»Wir haben so oft auf dem Balkon gesessen, Schwester. Da steht eine Leiter, über die man aufs Dach kommt, durch eine Luke, und von oben kann man die Waal sehen, und Gouda. Und wenn man genau hinsieht, den Schwarzwald.«

Vermutlich fragte Judith sich jetzt, ob sie zu fantasieren begann, ob sich so das Ende ankündigte. Oder ob auch diese Sätze aus irgendeinem Buch stammten. Weil ihr nichts Besseres einfiel, zog Judith ihre Decke ein wenig zurecht. Emmas Orakelworte. Sie war die Seherin im dritten Stock, die hellsichtige Regisseurin ihres eigenen letzten Akts. Zwischen Hunger und Erinnerung. Das heißt, Hunger hatte sie eigentlich nicht, eine Woche Fasten vertrieb den Hunger, der Geist übernahm die Kontrolle über den Leib. Emma war zum Resonanzkörper ihrer Vergangenheit geworden, in ihrem Kopf überschlugen sich die Erinnerungen. Wenn sie hätte singen können, hätte sie es getan.

»War das die Türklingel, Schwester?«

»Ich glaube nicht, aber ich sehe mal nach.«

Und es war doch die Klingel. Emma hörte Flüstern im Flur. Bestimmt war es die kleine Lenie, die so schön bügeln konnte und ihr seit Jahren half.

»Pass auf Emma auf!«, habe Rob noch gerufen, erzählte Bruno. Sie hat sich darüber gewundert und nicht verstanden, wie er das eigentlich meinte. Drei Monate nach Robs Abschiedsfest kommt ein Brief aus Kapstadt, die Nachricht von seinem Tod zusammen mit Angaben zum Verbleib der Urne, der Rechnung für die Feuerbestattung und einer Auflistung seiner Besitztümer – in Form von Schulden.

Bestürzt liest Bruno ihr den Brief vor. Es ist früher Abend, sie sitzen auf ihrem überdachten Balkon, der Regen fällt senkrecht, aber es ist nicht kalt, sie wollen nicht in die Wohnung. Für diesen Brief brauchen sie Platz um sich herum.

Als sie fragt, warum Rob als junger Mann eigentlich fortgegangen ist, antwortet Bruno ihr mit einer Stimme, die ihr fremd ist, so tieftraurig. Sein Gesicht ist weiß, die Haut trocken und rissig.

»Es ging um unseren Vater, den du ja leider nicht kennengelernt hast. Wir haben zu ihm aufgeblickt, ihn bewundert, aber wir haben ihm nur selten unsere Zuneigung gezeigt.«

Die Geschichte von Rob und dem Vater, der in seiner Nachttischschublade nicht weniger als fünf oder sechs Reserveglasaugen aufbewahrte. Es war März, Robs achtzehnter Geburtstag. Ihre Mutter hatte den Tisch festlich gedeckt, Bruno und Rob wohnten zu Hause, ihr älterer Bruder Hendrik studierte schon. Auch Rob war öfter unterwegs als daheim, ein rastloser junger Mann, der sich von selbst verdientem Geld ein schweres Motorrad gekauft hatte und darauf tagelang kreuz und quer durch die Niederlande und Deutschland fuhr, ohne besonderen Anlass und ohne Ziel. Ein faszinierender Bruder, der vor niemandem Angst hatte, nicht einmal vor ihrem Vater.

Am Abend seines Geburtstags dann der Blitz aus heiterem Himmel, als die Kerzen angezündet waren und Rob auf seinem mit Papiergirlanden geschmückten Stuhl saß. Rob beschuldigte seinen Vater, er habe im Dschungel von Aceh Menschen ermordet.

»Aus sicherer Entfernung auf Leute schießen, die nur mit Krummsäbeln bewaffnet waren.«

Bruno hörte noch, wie kalt und hart die Worte geklungen hatten, als spräche nicht Rob selbst. Wer schlug diese unheilbare Wunde, und warum?

»Ja, ich habe dort Männer getötet, die kurz zuvor Frauen und Kinder vergewaltigt und erwürgt hatten.

Ich würde das nicht unbedingt als Mord bezeichnen. Vielleicht wirst du selbst einmal in Situationen kommen, in denen du schießen musst, um nicht erschossen zu werden. Aber wahrscheinlich nicht, hoffentlich nicht.«

Die hilflose, tonlose Antwort und der Beginn des Rückzugs. Das Schweigen zwischen Rob und seinem Vater war nie mehr gebrochen worden.

»Weißt du, was genau dein Vater auf Sumatra getan hat?«

»Als junger Offizier ist er nach Niederländisch-Ostindien gegangen, warum, weiß ich nicht. Vielleicht die gleiche Abenteuerlust wie bei Rob. Ich habe noch Briefe von ihm und ein paar Tagebücher aus dieser Zeit. Ein völlig vergessener Krieg, von beiden Seiten äußerst brutal geführt. Ich habe so oft an Robs Ausfall denken müssen, aber ob er recht hatte, kann ich nicht einschätzen, wir wissen zu wenig über die Zusammenhänge.«

In Wirklichkeit wusste er ziemlich viel, stellt Emma nach Brunos Tod fest, als sie ganze Stapel von Büchern über die Aceh-Kriege findet, darin zahlreiche Anstreichungen und Fragezeichen. Der Wirrwarr von Kriegen und Kleinkriegen, das massenhafte Morden. Ihr Jahrhundert war das Jahrhundert des Schreis.

Emma hatte dann selbst die Tagebücher von Brunos Vater gelesen und sich darin verirrt. Es war die Zeit ihrer eigenen Eltern, eine Kolonialwelt, an die man sich nicht mehr erinnern wollte, und die damals schon kurz vor dem Zerfall gestanden hatte.

Brunos Vater war von einem ungewöhnlich hochgewachsenen Einheimischen ins Auge geschossen worden, als er im Norden Sumatras mit einer kleinen Truppe in ein Dorf einmarschierte. Er war die Stufen zu einer Hütte hinaufgestiegen, im ganzen Dorf war es totenstill, die Bewohner mussten geflohen sein. Plötzlich war eine riesige Gestalt in der Türöffnung erschienen, hatte etwas Unverständliches gerufen, eine Pistole hinter dem Rücken hervorgeholt und sofort geschossen – von wegen nur Klewangs. Das Ende einer militärischen Karriere. Auf einer Trage zurück durch den Dschungel, durch den er sich im Vorjahr gekämpft hatte. Es lebe die »Befriedung« von Aceh, es lebe Holland, es lebe die Königin.

Über die Expeditionen ins Landesinnere, in der Zeit vor dem Verlust des Auges, schrieb er so lebendig, dass Emma alles genau vor sich zu sehen glaubte. Sie waren ständig gefechtsbereit, rechneten mit Hinterhalten, mit Fallen und Schlangen, und er stellte sich ganz in den Dienst der Armee, seiner Truppe, der Idee, dass Ostindien zu den Niederlanden gehörte, und dass dieses Aceh ein besonders dunkler Teil Ostindiens war, in den man das Licht der Zivilisation tragen musste. Tolldreiste Geschichten zwischen den schwarzen Umschlagdeckeln von Tagebüchern. Aber was, fragte sich Emma, hatte er eigentlich in diesem Dschungel gewollt, in dem sie auf Befehl von Unbekannten gegen Unbekannte kämpften? Sie hatten dort nichts zu suchen gehabt.

Tagelang vertiefte sie sich in die Dokumente, die Bruno ihr hinterlassen hatte. Auf seine Weise hatte auch Bruno versucht, eine zerbrochene Einheit wiederherzustellen, immer auf der Suche nach etwas Verbindendem. Eine fehlgeschlagene Mission, denn Rob war fortgegangen und sein Vater seitdem nie wieder derselbe gewesen.

# 32

Sie hatten recht, es war die Klingel. Die kleine Lenie, und die große Lenie ist auch da.«

Emma winkte die beiden Lenies herein. Die kleine weinte, die große betrachtete stumm die Frau, für die sie seit dreißig Jahren arbeiteten, und die sie nun noch ein letztes Mal sehen und ihre Hände halten wollte, Hand auf Hand auf Hand.

Jeden Dienstag und Donnerstag waren sie gekommen, mit dem Rad oder dem Bus, später mit dem Auto, um in der feierlichen Stille von Emmas Wohnung zu arbeiten, für die Fremde, die eine Freundin geworden war, fast eine Mutter und Großmutter. Drei miteinander verwachsene Existenzen, die Jahreszeiten mit immer wiederkehrenden Arbeiten auf engem Raum, ein träger Kreislauf: Silber putzen, Vorhänge ausbessern, Bügeln, Möbel wachsen. Die Schränke, das Service, die Gemälde, der Schreibtisch, die Leuchter, die Betten, die ein für alle Mal festgelegte Reihenfolge von Staubwischen und Saugen, Wechseln und Waschen, Weihnachtsputz und Frühjahrsputz, ein sozusagen natürlicher Rhythmus, eine geheiligte Ordnung der Dinge. Eine Art Paradies, aus dem man nicht vertrieben werden kann.

Keine Schlange, kein Baum der Erkenntnis, keine verbotene Frucht in dieser Wohnung, die am Ende des Tages so glänzte wie ein polierter Apfel. Amen.

Die unüberschaubare Reihe von gemeinsam verbrachten Tagen, zu lang für das Gedächtnis. Ihre Stimmen, die so zu Emmas Leben gehörten wie die Augenblicke, wenn ihr Schlüssel in die Wohnungstür gesteckt wurde, in der Küche Wasser in den Kocher lief und Kaffeeduft durch die Wohnung zog: Dann hatten die beiden Lenies mit der Arbeit begonnen.

Sie sagte, dass sie so dankbar sei für all ihre Hilfe, und fragte die beiden, ob sie ihnen etwas geben dürfe. Die große Lenie nickte, und Emma zeigte auf eine kleine Schachtel neben dem Bücherstapel. Es lag auch noch ein Umschlag mit Geld für sie bereit, den würde Thomas später schon finden.

»Diese beiden Ringe hat meine Großmutter früher immer getragen, als ich bei ihr in Leeuwarden wohnte.«

Während sie das sagte, sah sie die Villa am Eewal vor sich, die mit Klinkern gepflasterte Straße ohne Autos, das Dienstmädchen, das singend und summend die kupferne Türglocke putzte.

»Sie sind für euch, ich meine, wenn sie euch gefallen. Vielleicht mögt ihr sie hin und wieder tragen und an uns denken, an meine Großmutter und mich.«

Sie nahmen beide ihre Hände.

Leeuwarden in den Zwanzigerjahren, *Roaring twenties*, ha, sogar in der friesischen Provinz brach die Sonne manchmal durch die Wolken. Emma, die als Diplomatenkind in Dublin und Brüssel und Rio de Janeiro gewohnt hatte, fand sich im Alter von zwölf Jahren plötzlich an einer strengen Schule zwischen Bauernsöhnen und -töchtern wieder. Trauma und Traum zugleich war diese Zeit, die warme Zuneigung ihrer Großeltern entschädigte bis zu einem gewissen Grad für den Verlust des freien Lebens in fremden Städten. Und Watse wohnte dort, ihr Kinderfreund, der ihr einziger Freund geblieben war, auch als sie nach Deutschland ging.

Fast unmerklich und leise kamen die Bilder, so leise, wie die beiden Lenies das Zimmer wieder verlassen hatten, es ging alles so schnell. Die Glocke unterbrach ihre Gedanken, halb zehn, zehn, aber nein, die Glocken der Koninginnekerk gab es ja nicht mehr, wenn man die Uhrzeit wissen wollte, war man auf Elektrizität angewiesen, auf hässliche Digitalanzeigen, aufs Radio.

»Deutsche Volksgenossen und -genossinnen! Ich weiß nicht, zum wievielten Male nunmehr ein Attentat auf mich geplant und zur Ausführung gekommen ist … Ich selbst bin völlig unverletzt bis auf ganz kleine Hautabschürfungen, Prellungen oder Verbrennungen. Ich fasse das als eine Bestätigung des Auftrages der Vorsehung auf, mein Lebensziel weiterzuverfolgen …«

Die Stimme kündigt die Abrechnung mit den Verrätern und Verschwörern an, jeder Deutsche habe die Pflicht, diesen Elementen rücksichtslos entgegenzutreten, sie entweder sofort zu verhaften oder ohne Weiteres niederzumachen.

Carl, Adam, flieht!

Emma starrte den Radiowecker auf ihrem Nachttisch an, ein Streifen Sonnenlicht fiel auf ihr Bett, Judith hatte einen Vorhang ein Stück zur Seite gezogen. Wer hatte das Radio angestellt, woher kam diese drohende Stimme? Sie konnte ihren Sinnen nicht mehr trauen, oder träumte sie nur? Alles erschien ihr so irreal, was war das für ein Rauschen, als wäre sie auf dem Weg zum Meer und könnte die Brandung schon hören. Vielleicht war das auch so, sehr weit war das Meer nicht entfernt, noch ein paar Stunden bis in die Brandung.

»Judith!«

»Ja, Frau Verweij, hier bin ich.«

»Haben Sie das Radio eingeschaltet?«

»Nein, nein, es ist nicht eingeschaltet, wollen Sie ein bisschen Musik hören, soll ich etwas suchen?«

Musik! Das Koffergrammofon, die Schellackplatten mit Marlene Dietrich, Gesang mit Kratzern, jeder hatte zum Tanzen eine Fläche in Zeitungsgröße. Nicht zu laut, gegenüber wohnt ein Parteigenosse. Emma tanzt mit Carl und mit Adam, als wäre es das letzte Mal im Leben. Und so ist es auch, heute Tanz, morgen tot. Bomber fragen nicht nach Alter oder Gesinnung.

Bisher sind sie verschont geblieben, wenn die Engländer überhaupt einmal Berlin anfliegen, ist das Stadtzentrum ihr Ziel. Wann werden sie Dahlem und Grunewald entdecken, die Ortsteile mit den meisten prominenten Mördern?

Ihr Kopf an dem von Carl, ein Sichwiegen in Verlangen und Verlorenheit, sie tanzen wie Kinder, ohne ein Gestern und Gedanken an morgen. Adam und Clarita stoßen mit ihnen zusammen, sie lachen.

»Eine neue Platte, Carl!«

# 33

Die Auflösung schritt voran. Emma beobachtete die Szenen, die sich knapp außerhalb ihrer Reichweite abspielten, außerhalb ihres Bettes. Sie musste die Dämonen, die jetzt zur Vorder- und Hintertür hereindrängten, noch eine Weile in Schach halten. Bisher war alles so gut gegangen, wie nach einem geheimnisvollen, aber einleuchtenden Plan. Doch jetzt drohte sie die Kontrolle zu verlieren, nicht nur der Körper ließ sie im Stich, sondern auch der Geist.

Nur noch ein paar Stunden, noch einen halben Tag. Zuerst Michael, dann Thomas, dann das Team, Gott sei Dank.

Michael, ihr Erstgeborener, plötzlich viel kränker, als sein Vater je gewesen war. Parkinson, ein Mörder, der sich anschlich, der einen langsam, aber sicher in die Enge trieb, einschloss, lebendig einmauerte. Erst die kleinen Unsicherheiten und Ungeschicklichkeiten, ein Gefühl der Leere im Kopf – wo ist der Schlüssel? –, die zunehmende Hilflosigkeit, ein Leben mit Beipackzetteln und Angst vor den Nebenwirkungen all der Tabletten, die mit eiserner Disziplin einzunehmen waren. Es fiel Emma schwer, seinen Verfall mit anzusehen, ihr

Schuldgefühl wegen des Angriffs auf ihn plagte sie von Neuem.

»Michael?«

Auf einmal stand er neben ihrem Bett, leicht gebeugt. So stand er jetzt immer, als könnte jeden Moment ein Sturm losbrechen.

»Michael?«

Er schaute sie nur an, ohne zu antworten. Nahm ein Taschentuch aus der Hosentasche und tupfte sich die Wange ab.

»Ich wollte mal nach dir sehen und dir Guten Tag sagen.«

Emma sah, dass sein Haar für seine Verhältnisse lang geworden war, und sagte ohne nachzudenken, dass er bald wieder zum Friseur gehen müsse.

»Aber gib acht auf dein Ohr, Michael.« Sie lächelte, wie er.

»Thomas hat mich gestern angerufen und gesagt, dass er sich um dich kümmern wird. Mein kleiner Bruder ist fast eine Schwester.«

Er wusste es also. Michael hatte sie in den letzten Monaten nur selten besucht. Emma verstand das, ihm ging es selbst schlecht genug, neuerdings machten ihm immer öfter auch Sinnestäuschungen zu schaffen.

»Ja, er wird sich um mich kümmern, Michael, um elf Uhr will er hier sein, die Hausärztin kommt auch.«

Hörte er, was sie sagte? Wo war er? Sein Gesicht war unlesbar geworden, nichts darin bewegte sich, Wangen aus Pergament, die Augen unnatürlich trüb, der Blick nach innen gewendet. Was ihr Sohn dort sah, wusste niemand.

»Auf Wiedersehen, Michael, Miche.« Sein alter Kosename aus der Zeit vor aller Zeitrechung, vor dem Bewusstsein. Er stand da wie in einem Nebel, als wäre er versehentlich hereingekommen oder hätte vergessen, warum.

»Dann gehe ich mal«, sagte er schließlich.

Er legte seine Hand auf ihren Kopf, auf das dünne weiße Haar, als wollte er sie segnen – vielleicht meinte er es tatsächlich so. Emma bedeckte ihre Augen. So dunkel war es unter ihrer Hand, so ohne Richtung.

Sie hörte das Klicken der Tür, die Michael hinter sich zuzog, hörte seinen Schritt, das Aufsetzen seines Gehstocks. Jetzt ein wenig schlafen, sie musste Kräfte sammeln, um klar zu sein, wenn die Hausärztin kam. Die Ärztin würde bestimmt noch Fragen stellen, noch einmal prüfen, ob Emma wusste, was sie sagte und wollte. Eine tüchtige Frau, ihre Ärztin, nur ohne jeden Humor.

# 34

Schalom.«

Das konnte nur einer sein. Seit ihrer Jerusalem-Reise war das ihr Gruß geblieben, leicht ironisch, immer mit dem Gedanken an jene Woche in der weißen Stadt, in der sich dieses Wort reichlich optimistisch anhörte. Heute konnte allerdings nichts passender sein.

Sie wollte noch nicht antworten, wollte den Klang seiner Stimme in sich aufnehmen, ihn mitnehmen und aufheben für später, für die Stunden des Alleinseins.

Was dachte er wohl über ihren Haarschnitt? Vor einer Woche hatte sie von ihrem langen Haar genug gehabt. Kurz bevor sie aufhörte zu essen, hatte sie Judith gebeten, es abzuschneiden – ihr langes Haar, das sie jahrzehntelang gepflegt und jeden Tag aufs Neue mit einer Aufwärtsdrehung zu einer zeitlosen Knotenfrisur hochgesteckt hatte. Aber in den letzten Monaten hatte sie die Hände nicht mehr hinter ihren Nacken und Kopf heben können, und das Haar hing offen herunter, ein Zeichen der Kapitulation.

Thomas, ihr »deutscher« Sohn, wie sie ihn gern nannte. Was fand er nur an Deutschland? Er behauptete, dass er sich dort wohlfühlte, Hamburg zum Beispiel sei so viel offener und großzügiger als Holland. Wenige Städte waren so vollständig zerstört und so still und stilvoll wiederaufgebaut worden wie Hamburg. Was für ein Unterschied zu Rotterdam.

Ob Clarita noch in Hamburg wohnte, lebte sie überhaupt noch? Der Briefwechsel, den sie nach ihrer Begegnung angefangen hatten, war irgendwann eingeschlafen, alles, was es über ihre gemeinsame Vergangenheit und ihre Männer zu sagen gab, war gesagt. Statt sich nur noch zu wiederholen, hatten sie lieber geschwiegen.

Sie musste Thomas gleich noch bitten, sich nach Clarita zu erkundigen, damit er mit ihr Kontakt aufnehmen konnte, wenn er das wollte. Clarita und Adam hatten zwei Töchter, beide während des Krieges geboren. Welcher Mut, damals Kinder zu bekommen. Als würde man seiner Zeit die Faust zeigen.

An einem Nachmittag im Jahr 1943 kommt Clarita zu Emma, das Baby im Kinderwagen, ihr zweites ist unterwegs. Das Verhängnis nimmt seinen Lauf, überall sind Zeichen von Auflösung zu erkennen, und Clarita ist hochschwanger, ein Urbild von Vertrauen. Doch das ist nur Schein, sie weiß sich keinen Rat mehr.

»Er reist hierhin und dorthin und rennt doch nur gegen Wände an, die Alliierten wollen keinen Kontakt. Gestern ist er nach Stockholm geflogen, anschließend will er nach Venedig, ich weiß nicht, wohin noch. Bestimmt beobachtet ihn die Gestapo, es kann gar nicht anders sein. Er erzählt mir zwar nichts, aber ich bin mir sicher, dass sie Hitler beseitigen wollen.«

»Ich weiß, Clarita. Carl sitzt im selben Boot wie Adam. Er versucht ihm zu helfen, er sagt, dass Adams Unruhe immer größer wird. Wir können sie nicht aufhalten, glaube ich, auch wenn ich genauso viel Angst habe wie du.«

Emma schreckte auf, als Thomas sanft an ihrer Schulter rüttelte.

»Da bist du ja, wie war die Reise?«

Die Maschine sei mit leichter Verspätung gestartet, aber er habe ja direkt nach Zestienhoven fliegen können, die schnellste Verbindung. In diesen Flugplatz hatte sein Vater viel Energie investiert. Endlose Verhandlungen mit einer Gruppe von einflussreichen Leuten aus Rotterdam, ein paar Beamten aus Den Haag und Spezialisten für Luftverkehrsrecht. Es war Ende der Fünfzigerjahre, aber in Brunos Bekanntenkreis war die Fantasie schon eine Weile an der Macht, alle wollten etwas bewegen. Sie hatten eine Vision, die tatsächlich Wirklichkeit wurde: ein eigener Flugplatz. Viel kleiner hätte er nicht sein können, aber es gab ihn.

Bruno auf dem Weg zum Flugplatz oder zurück, auf einem Eisbrecher im Hafen, mit der Angel an den Tümpeln von Brakel, auf dem Rad – mit Hut –, in langer weißer Hose auf dem Tennisplatz, leichenblass in zahllosen Krankenhausbetten. Bruno, mit dem sie so lange ein Doppelleben geführt hat, wie er vielleicht mit ihr.

Liebe lässt sich nicht so einfach verpflanzen. Von Berlin nach Rotterdam. Es war ihr gelungen und auch wieder nicht.

Zestienhoven, hatte Thomas Zestienhoven gesagt? Es war ein Klang aus der zärtlichsten Zeit. Brakel entdeckt, der Krieg weit weg. Emma schöner denn je, Maria immer fröhlich, Freundschaften überall, und die Zeit schlich nur langsam vorbei.

Es war damals gewesen, dass sie Bruno und Maria einmal Hand in Hand hatte gehen sehen, auf dem Deich bei Schloss Loevestein.

Es ist nichts Geheimnisvolles oder Verbotenes daran. Keine Hintergedanken, kein doppelter Boden, keine stille Leidenschaft. Maarten hat es auch gesehen, die Kinder, alle waren sie auf dem kleinen Stück Strand an der Waal direkt vor dem Schloss versammelt. Bruno und Maria, unverdächtig, der Welt abhandengekommen.

Spaziergänger auf einem Deich, ausgeschnitten aus einem Bilderbuch, im Hintergrund das Märchenschloss, Kinder, die im Fluss schwimmen, überall Wiesen, ein Binnenschiff mit einer Frau am Steuer, ein Starenschwarm hoch am Himmel, Kühe, mit den Beinen im Wasser, in der Ferne eine Ziegelei, die Fabriksirene zeigt den Beginn der Mittagspause an.

Emma hat es gesehen und nie mehr vergessen. So musste man gehen, so musste man leben und lieben und dem Tod ein Schnippchen schlagen. So waren Carl und sie an Sonntagvormittagen am Wannsee spazieren gegangen oder in den Alleen von Grunewald, frei und ohne Geschichte.

Das Traumbild zog vor Emmas Augen vorüber, Thomas wartete ab.

Zestienhoven, wo sie Bruno so oft abgesetzt hat, weil er unbedingt mit KP nach Deutschland musste, immer in dieses schreckliche Deutschland, das sie bis in den Schlaf verfolgte. Wo man Carl ermordet hat – sie wusste nicht einmal, wo sein Grab war, er hatte kein Grab. Sie hat nie danach gesucht, nie daran gedacht, es zu tun. Wahrscheinlich hat man ihn verbrannt, die Asche verstreut und vom Wind davontragen lassen, oder untergepflügt. Staatsfeinde.

Sie spürte, dass Thomas sie anschaute, und wie gut ihr das tat.

»Bitte versuche herauszufinden, wo man Carl begraben hat, Thomas. Meinst du, das ist möglich, hat man das in irgendeiner Akte festgehalten? Bestimmt, über alles und jeden wurden Akten angelegt.«

Was für ein sonderbarer Auftrag, aber Thomas versprach sofort, der Sache nachzugehen, irgendwie würde er schon herausfinden, was mit Carl geschehen war.

Er klappte das Seitenteil herunter und setzte sich auf den Bettrand, fast berührte er sie. Emma legte ihm die Hand auf den Arm, als wollten sie jetzt einen Spaziergang unternehmen. Noch nicht ganz angekommen, Schal und Sommermantel noch nicht abgelegt, bereit zum Aufbruch, so saß Thomas da.

»Damals in Jerusalem – ich habe oft an den Abend im Innenhof des *American Colony Hotel* zurückgedacht, hoffentlich verzeihst du mir, dass ich dich damals mit so vielen sehr persönlichen Dingen belastet habe. Aber erinnerst du dich noch an das enttäuschte Gesicht von dem Amerikaner, der so stolz auf seinen Lawrence von Arabien war?«

Thomas lachte, als gäbe es nichts, worüber man sich Sorgen machen müsste, und nichts Schweres, das bevorstand. Offensichtlich konnte seine Mutter ihr Leben in Bildern und Bruchstücken Revue passieren lassen, ohne sich um die Chronologie zu kümmern. In subtilen Einzelheiten. Es war beinahe ein Spiel und sie eine unbekümmerte Zuschauerin.

»Ja, er ist schwer beleidigt abgezogen. Später haben wir ihn im Garten Gethsemane wiedergesehen, weißt du noch? Wir hörten ihn zu irgendeinem Begleiter sagen, dass er genau dort Lawrence begegnet sei. Der Judas. Wir haben den heiligen Ort brüllend vor Lachen verlassen, es war dir hinterher sehr peinlich.«

Emma schaute Thomas an. Wenn sie ihn sprechen hörte, wurde ihr leichter. Ihr Leben war langsam zum Stillstand gekommen, aber in seiner Gegenwart raffte es sich noch einmal auf. Thomas, der ihr entglitten war, ohne ihr wehzutun, der ihr überall nah war, obwohl er im Ausland lebte und ständig unterwegs war.

»Eine neue Frisur, Mama? Sieht gut aus.«

Das Ernste würde erst noch kommen, wenn auch Emmas Bitte zu Anfang ernst genug gewesen war. Aber meistens dauerte es nicht lange, bis einer von ihnen scherzhafte Bemerkungen machte. Er war der Einzige, der sie noch zum Lachen brachte.

»Ich konnte sie nicht mehr hochstecken. Seltsam, dass einem die eigenen Arme zu schwer werden können. Das Haar hing nur noch sinnlos herunter. Judith hat es abgeschnitten. Haare sind ja angeblich gefühllos, aber es tat weh.«

War das Ironie oder ernst gemeint? Was sie sagte, klang ganz natürlich, ganz frei von Anstellerei. Haar, das Schmerzen bereitet, Kraft, die einen verlässt. Was so lange Teil gelebten Lebens gewesen war – weg damit, abschneiden.

## 35

Dienstag, der 29. April 2008, gegen Mittag. Thomas sah den aufgeschlagenen Terminkalender seiner Mutter, einen der großen Kunst-Terminkalender des Museums Boijmans van Beuningen, in denen sie, solange er zurückdenken konnte, ihre Notizen machte. In einer sehr eigenwilligen Handschrift. Gekrakel, sagte sie selbst. Eine Hand im Kampf mit der Schrift. Bis zuletzt hatte sie geschrieben, und die Buchstaben waren immer größer geworden, als müsste sie einen Schutzwall aus ihnen errichten.

Sie folgte seinem Blick, zeigte auf den Kalender und bat Thomas, all ihre Briefe und Papiere nach Hamburg mitzunehmen und aufzubewahren. Sie hatte sich auf diesen Moment gut vorbereitet und sich innerlich immer wieder vorgesprochen, was sie sagen wollte. Sie hatte nicht viel zu vererben außer alten Papieren, Bruchstücke der Geschichte.

»Die Briefe von Clarita Trott, und von Bruno, und von Rob. Und von Adriaan Wapenaar, den du leider nicht gekannt hast. Er hat sich lautlos davongemacht. Seine Briefe erzählen von der Freundschaft zu deinem Großvater. Nicht wegwerfen, Thomas, nichts wegwerfen. Oscars Briefe aus der Zeit, als ich in Leeuwarden zur Schule ging und bei meinen geliebten Großeltern wohnte, ich habe sie aufgehoben, weil …« Sie zögerte. »Ich habe sie aufgehoben, weil es die liebsten Briefe sind, die ich je von ihm bekommen habe. Aus jedem Wort spricht die Sehnsucht nach der Zeit, als wir noch zusammen waren, in Rio und Dublin und Brüssel. Sie hatten mich zurückgelassen und zogen selbst weiter durch die Welt, du weißt das ja. Trotzdem, wenn ich irgendwo wirklich zu Hause gewesen bin, dann war das in Leeuwarden. Mit Watse …«

Sie schwieg. Was sie gesagt hatte, schwebte noch im Raum. Hoffentlich sah Thomas, wie müde sie war und wie viel Mühe ihr das Sprechen bereitete.

Eislaufen mit Watse, ihrem Freund aus Kinder- und Jugendjahren, ihrem Beschützer, dem Mann, der sie so oft vor Deutschland gewarnt hatte, dem Naziland, in dem niemandem zu trauen sei und keine Liebe von Dauer sein könne. Schlittschuhlaufen auf den friesischen Seen, schwarzes Eis, sie konnte die Kufen darübergleiten hören, was für ein Klang, der einfach acht Jahrzehnte nachhallte.

Sie schnallen die Holzschlittschuhe unter, finden mühelos ihren Rhythmus und ihr Tempo, vor sich einen Horizont mit Wildgänsen, Schneewolken, Sonnenauf- und untergängen. Sie werden nie müde, laufen hintereinander in eine unbekannte Zukunft hinein.

Eine Kugel in seinem Rücken. Ach nein, das stimmte nicht. Viel später erfährt sie, dass er gar nicht »auf der Flucht erschossen« worden ist, wie man ihr zunächst berichtet hat. Er konnte nach Schweden flüchten, ist dann nach Ostindien gegangen und dort ums Leben gekommen.

Es war nur ein Gerücht, sie hat in Berlin um ihn geweint, als er noch lebte. Sie hat getrauert, als er auf einem Schiff nach Stockholm fuhr, ihn vor sich gesehen, wie er erschossen wurde, sie war ausgelaugt von Kummer.

Damals, damals in der schrecklichen Stadt, in dem unheimlichen Gebäude in der Prinz-Albrecht-Straße, dem Gestapo-Hauptamt, in dem sie gedemütigt wird, verhört von einem unverschämt glotzenden Mann, der raucht und unaufhörlich mit der Schuhsohle auf den Boden tippt, dieses Tippen auf den kahlen Betonboden, ein gleichgültiges, dreistes Tippen. Dieses Bein mit dem impertinenten Fuß.

Ein Wunder, dass man sie wieder gehen lässt, noch schützt sie der Name Adam von Trott, Carls Vorgesetztem und Freund aus dem Auswärtigen Amt.

Sie zwang sich, an etwas anderes zu denken als diesen Tag, an dem sie in die Prinz-Albrecht-Straße gebracht wurde, weil Carl und sie mit Adam nach Genf gereist waren und mit ihrem Vater gesprochen hatten. Nur ein paar Stunden hatte man sie festgehalten, aber es hatte sie Jahre gekostet, die Erinnerung daran abzuschütteln.

Die Briefe, zurück zu den Briefen, sie hatte das Gefühl, schnell fortzugleiten. Also zurück, zurück zu Thomas, er wartete.

»Thomas?«

»Ja, Mama, ich bin hier, sprich weiter. Du hast zuletzt von Großvater und einem gewissen Watse gesprochen, wo warst du plötzlich, du hast nichts mehr gesagt und warst weit weg.«

»Berlin, ich war in Berlin. Würdest du die Töchter von Adam und Clarita suchen?«

Sie merkte, dass es ihm jetzt zu schnell ging, sie sprang von einem zum anderen, die Erinnerungen kamen von überallher, und er konnte sich nicht auf alles einen Reim machen. Töchter? Ja, ja, er würde sie suchen. Er fragte, ob sie die beiden gekannt habe. Nein, nur als Kleinkind und Baby.

Immer wieder hatte sie an den Abenden am Fenster stumm repetiert, was sie sagen musste. Wo all das zu finden war, was Thomas mitnehmen sollte, die zehn Pappschachteln hinten in ihrem Kleiderschrank, ihre Kalender, ihre Briefentwürfe. Die nie erzählten Geschichten in verschlossenen Schreibtischschubladen.

Louis' Briefe hatte sie schon vor Jahren zerrissen und in den Kamin geworfen. Loderndes Feuer, nicht anders als die Worte, die es verschlang. Er hatte sie angebetet, wie nur ein Gläubiger das kann.

Thomas hätte sie nicht verstanden. Wer überhaupt, wer begreift sein eigenes Leben, wer hört das Lied eines anderen Herzens. Nichts ist doch von Dauer, nichts fängt Feuer, das nicht aus Feuer geboren ist. Aus wie viel Asche erhebt sich ein Vogel.

Woher kamen diese Zeilen, ihr Kopf glühte, so viele uralte Gedichte und Gedanken wurden hier verbrannt.

»Nimm meine Hand, wenn du möchtest.«

Thomas, die Schwester.

»Pass auf Michael auf, Thomas.«

Echos, Echos. Zu viele, Dissonanzen, schrille Musik. Wie hatte sie diese Stunden mit ihrem Sohn herbeigesehnt. Nun war er endlich da, und alles ging so schnell. Die Deiche begannen zu brechen, der Widerstand erlahmte, das letzte bisschen Kontrolle ging verloren.

»Er ist so schrecklich allein, so verloren, ich konnte ihm so wenig helfen. Ich habe ihn zum Friseur geschickt, sein Haar war ziemlich lang. Weißt du noch, Thomas, der Friseur und das Blut an Michaels Hals?«

»Ja, Mama, alles weiß ich noch, ich lasse ihn nicht im Stich, ich bin sein Bruder.«

»Einer der Briefe ist von einer gewissen Lara van Oosten. Lies ihn nicht, wirf ihn einfach weg. Ich habe es nicht getan, weil er mit so viel Liebe zu meinem Vater geschrieben wurde. Aber das ist jetzt eine zu lange Geschichte, also in den Papierkorb damit. Hörst du mich, Thomas?«

Lara hatte den Brief nicht lange nach ihrer Begegnung in den Bergen geschrieben. Vorige Woche, als Emma schon seit ein paar Tagen nicht mehr aß, hatte sie ihn in einer Pappschachtel wiederentdeckt. Leicht schwindelig nach den ersten Tagen ohne Nahrung, fand sie Oscar wieder und erinnerte sich an das Gespräch mit Lara am Morgen nach dem Zusammentreffen in der Hotelhalle.

Ein strahlender Himmel, der Hochnebel hat sich verzogen, die Berge sehen aus wie reingewaschen. Es ist so warm, dass sie sogar draußen frühstücken können. Laras Mann ist mit der Zahnradbahn ins Dorf hinuntergefahren und hat sie beide auf der Terrasse allein gelassen, ein diskreter Diplomat. Ein Tag Anfang November, der sich anfühlt wie ein Sommertag, der die Jungfrau in ein sanftes Licht taucht, ein Tag, an dem alles selbstverständlich erscheint, durchsichtig und leicht.

Lara erzählt von Oscar, sie spricht ganz anders als am Vorabend, als ihr Mann nicht weit entfernt saß und sie eilig, wie gehetzt, eine Art Geständnis abgelegt hat. Jetzt, an diesem gewichtlosen Morgen, werden ihre Monate mit Oscar lebendig, die Tage ihres gemeinsamen Traums.

So hat Emma nur selten jemanden von Liebe sprechen hören, so natürlich und selbstlos. Bern im Mai des Kriegsjahres 1941, als die schrecklichsten Untaten begangen und vorbereitet wurden. Ein Land voller Touristen, die so tun, als wüssten sie von nichts, und Soldaten, die den Schein der Verteidigungsbereitschaft wahren. Die Tage der Nähe, ihr Leben verlangsamt sich. Die Unruhe verlässt sie, die Zeit scheint aufgehoben, jede Frage ist überflüssig geworden, weshalb es auch keine Antworten mehr gibt.

»Die Liebe glich dem Tod, so absolut und still.« Das war ein Satz aus Laras Brief.

Wer spricht an diesem Morgen? Ist es Lara oder Emma?

Man ersetze Bern durch Berlin und Oscar durch Carl, und schon hat man die gleiche Geschichte einer außergewöhnlichen Liebe. Erschütternd und sonderbar und genug für ein ganzes Leben.

# 36

Marias Briefe.«

»Ja, Mama.«

»Nicht weg…«

»Ich verstehe dich kaum, Mama, kannst du etwas lauter sprechen?«

War sie eingeschlafen, schlief sie noch? Sie hörte Thomas wie von Weitem, als würde er nicht neben ihr sitzen, sondern über ihr im Raum schweben.

»Bleib sitzen, Thomas, nicht wieder wegfliegen.«

»Du hast von Marias Briefen gesprochen. Wo sind die?«

»Alle Briefe sind in Schachteln mit Namen darauf, hinten im Kleiderschrank. Schau mal nach – was zusammengehört, habe ich gebündelt, du müsstest alles leicht finden.«

Altpapier erbte er, Papier mit alten Geschichten, Anzündpapier für das Feuer der Erinnerung. Der Chronist seiner Mutter sollte er werden, so ungefähr hatte sie es sich vorgestellt, so hatte sie es sich, allein an ihrem Fenster, unzählige Male neu ausgedacht, es wiederholt und umformuliert.

Thomas kehrte von seiner Kleiderschrankexpedition

zurück, sie hatte die Schiebetüren gehört und dann das Suchen hinter ihren Kleidern. Er sagte, er habe die Schachteln gefunden und werde sie mitnehmen.

Marias Briefe. Briefe zu lesen war das Einzige, was ihr noch wichtig gewesen war, sie waren alles, was blieb. Das Tor in dem Zaun, der ein Leben umschloss, Zugang zu verdrängten Geheimnissen und gewissenhaft gehegten Lügen. Gottes Wege mochten unerforschlich sein, aber auch Emmas Wege waren nicht ohne Weiteres zu durchschauen gewesen. So empfand sie es selbst.

Mit rot umrandeten Augen blickte sie zur Zimmerdecke hinauf, auch als Thomas sich wieder auf den Bettrand gesetzt hatte.

Maria, Maria Steinz, Maria Mandemaker, wie sie mit Mädchennamen hieß. Mandemaker, die Korbmacherin, wie passend. Sie flocht Körbe aus Träumen, in denen sie Menschen auffing und wiegte. Die Rattenfängerin von Gorkum, am selben Fluss aufgewachsen wie Bruno, dem sie damals allerdings nie begegnet war. Sie war etwas älter als er und stammte aus einer anderen Schicht.

Begegnet waren sie sich erst viele Jahre später in ihrer Straße, in den Zeiten des Krieges und der Bezauberung. Wie sie nach einer Razzia erleichtert zusammen feierten, mit Bier und Wein, eine Nacht, in der überstandene Angst und aufkommende Verliebtheit sich mischten. Ihre Straße, zwanzig dreistöckige Kästen, am Rand ein Wassergraben und eine Schule. Gesund, aber arm waren sie alle und von einem rücksichtslosen Optimismus erfüllt. So hatte sie es Emma in den vielen Briefen beschrieben, die von überallher kamen, je nachdem, wohin der Wind oder die Eisenbahn Maria getragen hatte.

Seit Bruno und Maarten nicht mehr lebten, war sie ständig auf Reisen gewesen, nirgendwo hielt sie es lange aus. Wenn sie blieb, wo sie war, begann sie zu grübeln, und dann bekam sie bald keine Luft mehr. Also reiste sie vor ihren Erinnerungen her, wie ein Sturmvogel, der vor dem nahenden Orkan flieht und ihn dadurch ankündigt. »Ich stecke den Kopf in den Sand, um ihn über Wasser zu halten«, lautete ihr Motto. Das war ihr Humor. Gern zitierte sie auch Chris Dudok, der meinte, man könne in dieser Welt gar nicht taub genug sein. Wobei er das ernst meinte. Maria übrigens auch.

Sollte sie Thomas nicht doch bitten, Marias Briefe wegzuwerfen? Wenn er las, dass sein Vater während des Krieges ein Verhältnis mit ihr gehabt hatte, glaubte er vielleicht, dass Maria auch später noch, oder sogar immer, Brunos Geliebte gewesen wäre. War es so? Nein, Maria hatte geschworen, dass es nicht so war. Nur im Krieg wären sie ein Paar gewesen. Nun ja, der Krieg war immer weitergegangen, der hatte niemals aufgehört, für niemanden. Für Maria nicht, für sie selbst nicht, für Bruno nicht und auch nicht für Chris und Clarita, Oscar und Kate und Rob und Helmut Wachter.

Ach Gott, Helmut Wachter, der liebe Tierarzt mit seiner Geschichte von dem Spaziergänger am Strand. Sie hätte sich gern einmal nach den Fußspuren im Sand umgeschaut. Aber wer konnte sie jetzt noch tragen, sie war so schwer wie der Tod – da war auch ein Gott hilflos.

Es schellte zweimal kurz hintereinander. Das verabredete Klingelzeichen der Ärztin.

## 37

Sonnenlicht fiel von allen Seiten herein, von den Fensterscheiben reflektiert. Die Schule musste jeden Moment aus sein. Für jemanden, der draußen vorbeiging oder -radelte oder sein Auto halb auf dem breiten Gehweg parkte, war alles völlig normal.

Halb vier. Emma nickte hin und wieder kurz ein, der Besuch der Ärztin hatte sie erschöpft. Die Ärztin hatte ihr einen Blasenkatheter gelegt, es war ihr sehr unangenehm, aber sie hatte sich schließlich überzeugen lassen, dass es wirklich sein musste, und dass sonst das Palliativ-Team es tun würde. Das Gefühl der Erniedrigung hatte sich schon verflüchtigt, sie ergab sich dem, was kommen würde. Das selbst gewählte Ende, sorgfältig vorbereitet und genau kontrolliert.

Die Ärztin hatte sie noch einmal gefragt, ob sie allem zustimmte, terminale Sedierung, Bewusstseinsverlust, langsames, schmerzloses Sterben.

Schmerzlos? Liebe Frau Doktor, was reden Sie da. Diese Stunden *sind* der Schmerz, alles in mir und um mich herum ist Verlust und Verlassenheit. Die Welt krümmt sich zusammen vor altem Leid und Reue und Trauer um verlorene Zeit. Kahl und kalt ist sie geworden, leer, totenstill. Schmerzlos, wäre es nur wahr. Gut, ich fühle kein Brennen, Stechen, Schneiden, ich werde nicht in Stücke gerissen, körperlich ist die Betäubung vielleicht vollkommen, dafür sorgen eure Medikamente, ich weiß.

Zwischen Wachen und Schlafen, Emma auf ihrem letzten Rückweg, im Gespräch mit der nicht mehr anwesenden Ärztin, wach und wieder eingedämmert, träumend und wartend. Die Nachmittagsstunden. Sie hatte zu Thomas gesagt, dass er im Esszimmer bleiben sollte, bis sie kämen.

»Du musst etwas Ordentliches essen«, das Mantra ihrer Mutterschaft, die große Lenie hatte den Tisch gedeckt. Emma wollte noch ein wenig allein sein.

Wie seltsam das doch ist, jetzt allein sein zu wollen, als würde sich das Meer zurückziehen, wenn die Flut gerade erst eingesetzt hat. Die Phrase eines zum Tode Verurteilten. Alleinsein kurz vor dem Niemehrsein.

Heimatlos, haltlos, ihr Haus, ihre Straße, die Länder, in denen sie gewesen war, alles verschwunden, alles leer, kein Horizont in Sicht, endlos dehnte der Raum sich aus. Hilflos lag sie zwischen sauberen Laken, im Schoß einen Schlauch für die letzten Flüssigkeiten. Requisiten des Endes.

»Warum nach Kanada, Bruno? Ich bin nicht grundsätzlich dagegen, natürlich gehe ich mit, die Jungen sind ja noch klein. Aber wir kennen doch keinen Menschen dort, und wie um Himmels willen sollen wir eine Farm führen, du bist noch weniger Farmer als ich. Und die anderen verstehen auch nichts davon, alle haben sie zwei linke Hände.«

In Emmas Schattenreich ist alles abrufbereit, Millionen Gespräche, Abermillionen Wörter. Noch das kleinste Detail wird plötzlich groß und bedeutsam.

»Wir sind doch vier Familien, nur Maarten und Maria sind nicht dabei.«

Ist er unbewusst auf der Flucht vor Maria? Im Winter 1954 ist ihre Straße fast schon entzaubert, die ersten Dissidenten haben ihre Wohnungen verlassen und sind in die Welt hinausgezogen. Bruno und drei andere Männer haben sich in diese Auswanderungsidee verrannt. Eine vorübergehende Bewusstseinstrübung, Unzufriedenheit mit den Verhältnissen in Europa. Rebellen im Kleinformat sind sie, aber sie haben gute Beziehungen und hochfliegende Pläne.

Farmer werden in Kanada, eine kleine Ansiedlung für vorerst vier Familien gründen, mit Platz für mehr. Anscheinend haben sie zu viele Abenteuerromane gelesen. Ein rührender Versuch auszubrechen aus – ja, was eigentlich. Aus einem vorausberechneten Leben. Später lachen sie darüber und tippen sich an die Stirn. Nicht bei Trost sind sie gewesen, von Gott und allen guten Geistern verlassen.

Gott, das Wort, das Louis bei jeder passenden und unpassenden Gelegenheit in den Mund nahm, und das Emma von ihm übernahm, solange es ging.

Wo war er jetzt, wo waren seine Fußspuren? Nichts bewegte sich.

»Herr, unser Gott, wir sind zu Fremden geworden, weil wir auf Deine Stimme gehört haben.« Louis steht hoch oben auf der Kanzel einer düsteren Kirche mitten in der Stadt, zufällig verschont geblieben von den deutschen Bomben. Tatsächlich ist Emma für einige Zeit, für kurze Zeit sich selbst fremd geworden, weil sie Louis zugehört hat, wenn er seine Geschichten und Gedichte vortrug mit diesem Timbre des Gigolos in der Stimme. Er ist es, der sie mit Nijhoff bekannt gemacht hat und mit Vroman und Rilke und allen anderen.

Aber so sehr fremd in der Welt wie jetzt war sie nie zuvor. Oder ist sie fast zu Hause, wachgerüttelt, wieder am Anfang, am äußersten Rand? *Wer jetzt kein Haus baut …* Chris, Chris, warum gehst du nicht ans Telefon, du versteckst dich, ich wollte doch zu dir kommen.

War Julia der Grund, oder war sie ein Vorwand, weil er nicht mehr wollte. Sie war fast vierzig Jahre tot, und du lässt dich mit einer Eisenkugel an den Füßen in die Tiefe sinken, du hast sie verleugnet, du hast geglaubt, du wärest ihr treu, dabei hast du ihren freien Geist verraten. Du bist mein feiger Bruder, mein Verbündeter, dein

Untergang hat niemanden mehr geschmerzt als mich. Chris Dudok, wo bist du, ich ertrinke hier, mein Geist erlischt wie eine Lampe.

Emma öffnete die Augen und spürte, wie trocken sie waren. Als hätte Kummer keinen Sinn mehr, als wären Tränen endgültig Vergangenheit.

Sie lauschte. Auf nichts, niemand war bei ihr, sie hörte keinen bekannten Klang. Oder doch, sie glaubte hinter der Tür Thomas' Stimme zu hören. Vielleicht telefonierte er oder unterhielt sich mit Lenie. Oder war das Team schon eingetroffen?

Sonnenschein auf Texel, Schafe, so weit das Auge reicht. Ihr Zelt steht gleich hinter den Dünen, bis Den Burg sind es nur ein paar Minuten zu Fuß, aber man sieht kaum Menschen. Es ist Anfang September, Bruno hat Emma gefragt, ob sie nicht einmal mit ihm auf Texel zelten möchte, er werde bestimmt keine Gewohnheit daraus machen. Auf Texel wurde Bruno geboren, als sein Vater dort seinen ersten Bürgermeisterposten hatte. Sieben Jahre hat Bruno hier gespielt und später den Geruch von Heide und Sand nie mehr vergessen können. Vielleicht erklärte das auch seine Kanada-Idee, vielleicht war er seiner Natur nach ein Inselbewohner, oder ein großes Kind, dass die Brandung vermisst und die Weite der See. Er zeigt Emma alles, woran er sich noch erinnert, sie sind mit dem Rad schon über die ganze Insel gefahren und haben vor dem alten Rathaus gestanden, das völlig unverändert ist, jeder Stein ein Bekannter.

»Als mein Vater zum ersten Mal das Rathaus betrat, wurde er von Männern im Cutaway empfangen, die wie verkleidete Strandräuber aussahen. Sie hatten gehört, dass der neue Bürgermeister ein pensionierter Offizier der Kolonialarmee sei, und sich auf einen älteren Mann mit Schnurr- und Backenbart und Zigarre im Mund eingestellt. Und dann kommt da ein einäugiger Achtundzwanzigjähriger mit einer hübschen Frau und zwei kleinen Kindern in den Ratssaal. Bei dieser Gelegenheit soll er gesagt haben: ›Rührt euch! Und Cuts zurück in den Schrank.‹«

Ihr kleines Zelt mit Luftmatratzen und Primus-Kocher. Alles zum ersten Mal, alles noch offen, noch kein Kind unterwegs.

Sie hörte die Badezimmertür, Schritte von mehreren Leuten, dann die Schlafzimmertür. Thomas, eine unbekannte Frau, ein unbekannter Mann, ein kleiner Umzug.

Sie und Bruno folgen dem Umzug, die Straßenlampen sind schon an, hier und da sind auch Fenster erleuchtet. Vor sich, zwischen den Kindern, sehen sie Michael und Thomas, die wie alle anderen Lampions tragen. Vorsichtig gehen sie, damit die Kerzen möglichst in der Senkrechten bleiben, und halten mit der freien Hand den Wind von der Öffnung ihrer Lampions ab. Eine falsche Bewegung, und das Ding kann in Flammen aufgehen.

Ein Umzug von Lichtern und Kinderaugen, dahinter Emma und Bruno. Die Kinderkarawane zieht weiter, aber immer weniger Väter und Mütter folgen ihr. Zu Hause, die Kerzen sind abgebrannt, werden die Lampions wieder zusammengefaltet bis zum Koninginnedag im nächsten Jahr.

Winter ade, es wird Mai.

»Hallo, Mama, hier sind die Ärzte, die dir helfen werden.«

Leise Stimmen, Kinderfüße, Geraschel, Mäntel aus, draußen war es wieder richtig kalt. Noch ein bisschen aufbleiben, noch ein bisschen am Fenster stehen und in die Nacht hinausschauen, dorthin, wo sie eben selbst noch mit ihren flackernden Lampions unterwegs waren, Tänzer auf dem Weg ins Bett.

Es ist schon spät, neun Uhr vielleicht, ihre Augen und Beine werden plötzlich schwer. Emma trägt ihre Jungen in ihr Zimmer, erst den einen, dann den anderen, und zieht die Vorhänge zu.

»Mama, Mama.«

Ganz langsam drehte Emma den Kopf zur Seite. Sie musste sich daran erinnern, wo sie war, musste unbedingt herausfinden, wer dort an ihrem Bett stand. Ein Spalier von Hilfsbereiten, Entschlossenen. Reglos, wachsam und freundlich, in gewisser Weise. Sie versuchte ihnen zuzunicken, sie zu beruhigen.

»Ja, Thomas, ich höre dich, was gibt es?«

»Hier sind die Ärzte, die dir helfen werden.«

Sie stellten sich vor, höflich, als spielte das noch eine Rolle. Begrüßung und Abschied in einem, ein Name und ein kurzes Nicken.

Palliativ-Team Ost, Taschen in den Händen, samtene Gesten und unhörbare Verrichtungen. Schweigend arbeiteten sie, jedes Sprechen konnte sie verraten, Stille war die beste Tarnung. Nur das Summen des Elektromotors war zu hören, als das Kopfteil ihres Bettes ein wenig höher gestellt wurde. Ein kleiner Apparat wurde ans Seitenteil des Bettes gehängt, Schläuche angeschlossen, das Löschen konnte jeden Moment beginnen.

Emma schaute dabei zu, als ginge es nicht um sie selbst. Es ging auch nicht um sie, sie war gar nicht anwesend, sie war überall, aber nicht hier.

Entkommen. Dorthin, wo kein Schlauch sie erreicht, zum Ausguck. Die Leiter hinauf, übers Dach bis zu ihrem Schornstein. Wolken, fächerartig ausgebreitet, treiben schnell über die Stadt. So umarmt wurde sie noch nie, Brunos Mund auf ihren Lippen, seine Hände auf ihren Wangen, das Gefühl, dass sie nie wieder den Boden berühren wird, für immer entflohen, unauffindbar, unbekannt verzogen, erlöst von der Vergangenheit.

Straßengeräusche, Möwen, Gejohle, als die Tür der

Schule auffliegt, eine Eruption. Segelboote auf unbewegtem Wasser, unten die Bäume voller Blüten. Ob sie bleiben will, hier bei ihm.

Sie ist wach, endlich wach.

Griet Op de Beeck

# Komm her und lass dich küssen

Roman

*448 Seiten, btb 71443*
*Aus dem Niederländischen von Isabel Hessel*

Mona ist neun, als ihre Mutter bei einem Autounfall ums Leben kommt. Fortan kümmert sie sich um den kleinen Bruder und versucht, den Erwachsenen nicht im Weg zu sein. Artig und gleichzeitig unsichtbar sein, lautet ihr Überlebensmotto. Mona ist Mitte zwanzig, als sie die große Liebe trifft. Doch wie tritt man ein fürs eigene Glück? Mona ist Mitte dreißig – und will nun endlich begreifen, wie Leben wirklich geht …

»Die Figuren kommen uns so unglaublich nah! Dieses Buch erschüttert unsere Organe: Die Lunge erzittert, der Magen zieht sich zusammen, das Herz springt über.«

*De Standaard*

»Eine furiose Entdeckung aus Flandern.«

*Madame*

btb